Uniões

ORGANIZAÇÃO, ENSAIOS E NOTAS **KATHRIN H. ROSENFIELD**

TRADUÇÃO **KATHRIN H. ROSENFIELD E LAWRENCE FLORES PEREIRA**

GRAVURAS **MARCOS SANCHES, MARIA TOMASELLI E RAUL CASSOU**

ões
usil

A PERFEIÇÃO DO AMOR

° °

A TENTAÇÃO DA QUIETA VERÔNICA

Coleção Paralelos
Dirigida por J. Guinsburg

EQUIPE DE REALIZAÇÃO Edição de texto: Margarida Goldsztajn; Revisão: Elen Durando; Capa e projeto gráfico: Sergio Kon; Produção: Ricardo W. Neves, Sergio Kon, Lia N. Marques, Luiz Henrique Soares e Elen Durando.

CIP-Brasil. Catalogação na Publicação
Sindicato Nacional dos Editores de Livros, RJ

M975u

Musil, Robert, 1880-1942
Uniões / Robert Musil ; organização Kathrin H. Rosenfield ; tradução Kathrin H. Rosenfield , Lawrence Flores Pereira. - 1. ed. - São Paulo : Perspectiva, 2018.
240 p. ; 21 cm. (Paralelos, 35)

Tradução de: Vereinigungen
Inclui bibliografia
ISBN 978-85-273-1122-9

1. Novela austríaca. I. Rosenfield, Kathrin H. II. Pereira, Lawrence Flores. III. Título. V. Série

18-48559 CDD: 833
CDU: 821.112.2-3

Leandra Felix da Cruz - Bibliotecária CRB-7/6135
22/03/2018 26/03/2018

1ª edição

EDITORA PERSPECTIVA LTDA.

Av. Brigadeiro Luís Antônio, 3025
01401-000 São Paulo SP Brasil
Tel: (11) 3885-8388
www.editoraperspectiva.com.br

2018

sumário

9 Breve Apresentação de Robert Musil

UNIÕES

19 A Perfeição do Amor

91 A Tentação da Quieta Verônica

DOIS ENSAIOS
[por Kathrin Rosenfield]

151 A Sensorialidade das Metáforas
Robert Musil: A Voz Andrógena de Clarice Lispector?

169 O Projeto Estético de Musil e Suas Fontes
Histórico-Literárias

233 Bibliografia

breve apresentação de robert musil

Robert Musil nasceu em 1880, em Klagenfurt, no sul da Áustria, numa família de cientistas e da burguesia culta austríaca que ascendeu graças ao mérito no serviço do Império. O pai, Alfred Musil (1846-1924), engenheiro e conselheiro da corte, gozou de grande reputação, assumindo a cátedra de engenharia mecânica na Universidade Técnica de Brünn, um centro administrativo do Império Austro-húngaro, além de um polo cultural e industrial. Os modelos do pai e do tio, Alois Musil, arqueólogo e orientalista (1868-1944)[1], exerceram, por si só, forte pressão sobre o jovem Musil. Esperava-se do único filho uma carreira à altura dos modelos masculinos da família.

A mãe, Hermine, também foi uma presença marcante na juventude do autor. Primeiro, pelos conflitos nos quais ela se envolveu com o filho pré-adolescente, que resolveu subtrair-se à tirania materna com apenas doze anos de idade, optando pelo internato no colégio militar em Eisenstadt (1892-1894) e em Mährisch-Weisskirchen (1894-1897). As exigências maternas

1 Esse tio poderia ter sido a versão austríaca do britânico Lawrence da Arábia, não tivesse a Áustria entre os perdedores da Primeira Guerra Mundial. Teve uma carreira de político e diplomata, como o oficial T.E. Lawrence, cuja *expertise* foi importante durante as crises do Oriente Médio – no Sinai, na Palestina e na Turquia dos anos 1916-1918.

de distinção intelectual e cultural (misturadas à sua altivez de classe) constituíram, sem dúvida, um peso suplementar para o filho, e a rebeldia contra as idiossincrasias emocionais e mundanas da mãe se expressaram também nos relacionamentos amorosos pouco convencionais do jovem escritor: primeiro, mantém uma duradoura ligação com Herma Dietz, moça do meio operário cujo retrato reencontramos em *Tonka*, a terceira novela de *Três Mulheres*; depois, recusa o noivado almejado pelos pais e casa com Martha Marcovaldi, senhora berlinense sete anos mais velha, divorciada e mãe de dois filhos.

Depois do ginásio, Musil tenta a carreira militar no exército austríaco (entre setembro e dezembro de 1897), porém abandona a ideia, repelido pela grosseira brutalidade do ambiente. Durante os três anos de estudos na Alta Escola Técnica em Brünn, divide seus esforços entre a engenharia, a matemática, a literatura, as artes e a filosofia. E ressente amargamente o déficit de formação literária e humanística que o coloca em posição de desvantagem com seus amigos poetas e escritores. Musil refaz a *Matura*[2], e suas leituras preferidas nesse período são Nietzsche, Dostoiévski e Emerson, além da obra do físico Ernst Mach, um dos pais da teoria da Gestalt.

Mas no final desse percurso, ele considera abandonar a carreira de engenheiro. De 1902 a 1903, trabalha como estagiário na Alta Escola Técnica de Stuttgart com o famoso professor Julius Carl Bach, pioneiro dos testes de materiais. Pouco interessado no seu ofício, começa a escrever *O Jovem*

2 Espécie de vestibular que autoriza o acesso à Universidade nas áreas de humanas e que o obriga a aprender, entre outras matérias específicas, latim e grego.

Törless, romance que o autor terminará em Berlim, na fase da redação da tese de doutorado em psicologia experimental e epistemologia. O primeiro romance tem, em 1906, um sucesso imediato junto ao público e à crítica.

A carreira de Musil é incomum pela ampla gama de experiências e áreas de *expertise*. Um número notável de experiências enriquece sua obra: a do oficial do exército; do engenheiro e matemático; do epistemólogo e do psicólogo experimental a par de todas as escolas de psicologia, teoria da *Gestalt* e de psicanálise. Em Berlim, ele se submete ao treino rigoroso nos seminários de Carl Stumpf[3]. Nesse ambiente, Musil refina sua sensibilidade, anteriormente marcada pelo clima do *fin de siècle* decadentista e expressionista. O rigor científico conferiu sistema e precisão ao seu dom de observação, tornando singularmente agudos seus esboços e pertinentes suas observações sobre processos psicológicos, sensoriais – em particular, quando se esforça em evidenciar o complicado entrelaçamento das emoções com o entendimento intelectual.

Sua tese de doutorado, *Beitrag zur Beurteilung der Lehren Ernst Machs* (Contribuição Para uma Avaliação das Doutrinas de Ernst Mach), examina a obra de Mach numa perspectiva crítica e epistemológica, no intuito de mostrar que a perspectiva materialista do empiriocriticismo ignora e oculta outras abordagens possíveis. Segundo Musil, diversos teoremas de Mach poderiam ser abordados de outra maneira (por exemplo,

3 Um dos professores mais renomados da época, que reúne futuros cientistas promissores, como Wolfgang Köhler (1887-1967) e Johannes von Allesch (1882-1967), psicólogo e historiador da arte.

numa perspectiva idealista), se não prevalecesse o pressuposto positivista e doutrinário[4].

Durante seus estudos em Berlim, constrói e obtém a patente para um aparelho científico chamado *Variationskreisel*, uma versão melhorada do aparelho de decomposição do espectro cromático, inventado por Newton. Esse terá relevância para os experimentos dos colegas *gestaltistas*.

Nesse período berlinense, faz amizade com a culta e talentosa Martha Marcovaldi[5], em 1906. Em processo de separação de seu segundo marido, Martha impressiona Musil não somente pela intensidade emocional e pela sensualidade madura; ela é também uma mulher de vastas leituras e pintora, com olhar claro e bom gosto, além de possuir uma inteligência audaciosa e sutil. Martha inspira a primeira novela de *Uniões*, "A Perfeição do Amor", escrita entre 1908 e 1910. De modo mais discreto, seus traços reaparecem também nas duas peças satíricas, *Os Entusiastas*, de 1921, e *Vicente e a amiga de homens importantes*, de 1923.

Antes, durante e depois da Primeira Guerra, ele redige uma série de crônicas de mínima extensão (entre uma e cinco páginas), impressões instantâneas que comprimem no menor espaço sensações e reflexões de alta complexidade. Elas integrarão, com a longa novela *O Melro*, o volume *Obra Pré-Póstuma*, publicada em 1936.

4 Paul Laurent Assoun (ed.), *Robert Musil, pour une évaluation des doctrines de Mach*.

5 Martha Marcovaldi, nascida Heinemann (1874-1949), pertenceu à alta burguesia judaica de Berlim.

A guerra de 1914-1918 interrompe um período de profunda crise artística e existencial. Após servir no *front* da Itália e participar de uma das batalhas do Isonzo (1914-1915), Musil se destaca na missão de resgate dos desaparecidos numa avalanche catastrófica. Adoece gravemente do esforço extenuante, sem que os médicos reconheçam ainda sua precária saúde cardíaca. Transferido para o Ministério da Guerra, dirige o *Jornal do Soldado*, com a incumbência de manter a péssima moral da tropa.

As dificuldades se agravam com a derrota e o desmantelamento do Império, que precipita a minúscula República restante numa miséria material e moral sem precedentes. Tendo renunciado a duas oportunidades de ocupar cátedras universitárias em Munique e em Klagenfurt, Musil é reduzido a uma existência material adstrita, a trabalhos subalternos como bibliotecário e a insucessos literários. Sustenta-se com esporádicas atividades como ensaísta, ressentindo, além dessas distrações, os sérios bloqueios da escritura que iriam atormentá-lo até o final da vida.

Entre 1918 e 1924, Musil trabalha em duas frentes. De um lado, continua escrevendo suas crônicas e as novelas *Três Mulheres*, esboçadas já durante a guerra, mas publicadas apenas em 1924. Além disso, reúne fragmentos para um romance de porte que inicialmente se chama *A Irmã Gêmea*, título que será alterado para *O Homem Sem Qualidades* na versão final. Ao mesmo tempo, começa um período de intensa reflexão sobre as condições mentais e culturais, sociológicas e políticas que levaram à Primeira Guerra. Para o autor, a guerra foi uma consequência inevitável da incompreensão do princípio democrático da modernidade, inerente à complexidade das ciências e à ampla difusão do conhecimento e das comunicações internacionais. Os ensaios de Musil analisam diversas facetas do estéril conservadorismo que predomina na Áustria e na Alemanha, sempre destacando suas raízes anti-intelectuais, anticientíficas e antidemocráticas, além de diagnosticar os sintomas que já anunciam os próximos conflitos.

Em 1924, impressionado pelo romance recém-lançado *A Montanha Mágica*, de Thomas Mann, Musil percebe as virtualidades de uma nova forma de romance que mescla as técnicas da narrativa épica com o fluxo de consciência e a reflexão ensaística. Volta-se então com intensidade para o seu romance que será o mais amplo, mais crítico e audacioso panorama da sociedade, da cultura e do imaginário austríacos e europeus do entreguerras. Nos anos 1934-1938, quando o fracasso da República de Weimar ocasiona o êxito do Nacional Socialismo, Musil volta a redigir longos ensaios críticos e palestras nos quais expressa de maneira corajosa e franca seu repúdio às impiedosas táticas do fascismo, sem temer criticar de modo igualmente franco os desmandos totalitários do stalinismo. Essa crítica da cultura e da política permaneceu em grande parte não publicada devido ao acirrado controle da imprensa pelos nazistas e em função das práticas propagandísticas autoritárias de muitos militantes socialistas e stalinistas.

Em 1930 sai, finalmente, o primeiro tomo do gigantesco e inacabado romance *O Homem Sem Qualidades*, que consumirá as energias do escritor até sua morte precoce. Embora um grande sucesso junto à crítica, a aprovação entusiástica desse livro não se traduz em popularidade comparável à da obra de Thomas Mann, bem mais acessível ao leitor geral. O segundo volume, publicado em 1932, já é ofuscado pelas pressões e difamações dos conservadores, nacionalistas e nacional-socialistas. Quando Hitler toma o poder em 1933, o romance já está na lista dos livros indesejáveis, e em 1938, com a anexação da Áustria, Musil parte para o exílio na Suíça, onde morre de um ataque cardíaco fulminante, em 1942.

uniões

a perfeição do amor

"Tu não podes mesmo vir comigo?"
"É impossível. Tu sabes, tenho que terminar isso com urgência."

"Lili ficaria muito feliz..."

"Eu entendo, entendo, mas não é possível."

"E não tenho nenhuma vontade de viajar sem ti..." A sua esposa dizia isso enquanto servia o chá, e o olhar dela atravessou o espaço até o canto da peça onde ele estava sentado, numa poltrona com estampa de flores claras, fumando um cigarro. Era o final da tarde, e as venezianas verde-escuras fitavam a rua com sua longa fileira de outras venezianas verde-escuras idênticas entre si. Como um par de pálpebras escuras serenamente baixas, elas ocultavam o fulgor da peça onde o chá, escorrendo de um bule de prata, caía no côncavo das xícaras, com um leve tilintar, para depois se firmar, quase imóvel, num caudal, coluna translúcida e trançada de suave topázio cor de palha... Nas facetas levemente curvas do bule, viam-se sombras verdes e cinzas, e azuis e amarelas. Repousavam de todo quietas, como se ali houvessem coagulado e não pudessem ir além. O braço da mulher, porém, apontava para outra direção, e o olhar que endereçava ao marido formava com ele um ângulo rígido e reto.

Sem dúvida, era um ângulo, tal como se podia ver. Mas a outra coisa quase corpórea que havia nele somente os dois podiam senti-la, sentiam a tensão daquele ângulo como uma trave de metal resistente que os mantinha em seus lugares e que, apesar de estarem tão distantes um do outro, cingia-os numa união que era quase corporalmente sensível... ela se apoiava na cavidade dos seus corações, e eles percebiam a pressão ali... e a pressão os lançava, duros, contra o espaldar das poltronas, com rostos imóveis e olhares fixos, mas, mesmo assim, sentiam, ali onde aquilo os tocava, um suave rebuliço, muito leve, como se seus corações se penetrassem, esvoaçando de um para o outro, como dois enxames de borboletas...

Nesse sentimento tênue, que quase já não era real, porém mais que perceptível, apoiava-se a peça toda, como num eixo ligeiramente trêmulo, que dependia, por sua vez, daquelas duas criaturas: os objetos ao redor sustinham o fôlego, a luz na parede cristalizava em pontas douradas... tudo calava, aguardava e existia por conta deles... O tempo, que corre pelo mundo como um fio fulgurante e infinito, parecia entrecruzar essa peça no meio, parando repentinamente, rígido – rígido e quieto e fulgurante... e os objetos aproximavam-se de leve. Era um parar quieto e um leve imergir, como se, num átimo, os planos se ajeitassem, formando um cristal... E esses dois seres, pelos quais passava o centro do cristal, que se olhavam no centro desse sopro transfixo, súbito se olharam naquela

Raul Cassou. *O Chá*. Gravura em metal, 19,5 x 27 cm, 2017.

redoma de mútuos apoios, como se vissem um ao outro através de mil planos espelhados, olhando-se novamente como pela primeira vez...

A mulher serviu o chá, sua mão repousava sobre a mesa. Como que exauridos com o peso da felicidade, mergulharam nas almofadas. Fixando um ao outro com os olhos, sorriam como se perdidos, sem nenhum desejo de falar de si mesmos; e aí voltaram a falar daquele doente, de um doente num livro que haviam lido recentemente, e logo lembraram de certa passagem e certa questão, como se o tivessem combinado, o que, na verdade, não era o caso. Apenas retomavam uma conversa que já os fascinara de um modo estranho alguns dias antes, uma conversa que parecia esconder sua faceta verdadeira e que, apesar de tratar do livro, fazia um desvio para outro caminho. Um pouco depois, os seus pensamentos imperceptivelmente retornaram para eles mesmos, graças ao rodeio daquele pretexto inconsciente.

"Como é que um homem como esse G. vê a si mesmo?", perguntava a mulher, e continuava, perdida em pensamentos, como se falasse apenas para si: "ele seduz crianças, arranca jovens mulheres do bom caminho e as desonra. Depois fica ali, sorrindo, olhando fixamente, compulsivo, aquele resto de erotismo que ainda faísca, leve, dentro dele. Tu não achas que ele pensa que está cometendo um mal?"

"Se ele pensa isso?... Talvez... talvez não", respondeu o homem. "Talvez essa pergunta não deva ser feita no caso desses sentimentos."

"Mas eu acho", disse a mulher, e agora ficava mais claro que ela não estava, de modo algum, falando desse homem aleatório, mas de algo determinado, que já emergia da penumbra detrás dele, "eu acho que ele acredita estar fazendo o bem".

Então, por certo tempo, os pensamentos correram lado a lado silenciosamente, mas depois emergiram de novo – muito ao longe – nas palavras. Mesmo assim era como se estivessem ainda de mãos dadas, calados, como se tudo já tivesse sido dito. "...Ele faz mal às suas vítimas, ele as fere, deve saber que as desmoraliza, que lhes corrompe a sensualidade, lançando-as num movimento que nunca descansará em um único objetivo... mesmo assim, é como se o víssemos sorrir... suavemente e com rosto pálido, todo nostálgico, ainda que decidido e cheio de ternura... com um sorriso que flutua terno ao seu redor e ao redor de sua vítima... como ocorre com um dia de chuva no campo, foi o céu que o mandou, impossível compreendê-lo; naquela tristeza, naquele sentimento que acompanha a destruição, está toda sua desculpa... Todo cérebro não é algo solitário e único?..."

"Sim, todo cérebro não é algo solitário e único?" Os dois seres, novamente calados, pensavam juntos num terceiro, num desconhecido, naquele único entre tantos outros terceiros, como se caminhassem juntos em meio a uma paisagem: ... árvores, pradarias, um céu e, de repente, a incompreensão do porquê de tudo aqui ser azul e lá, repleto de nuvens... eles sentiam todos esses terceiros a cercá-los, como uma grande esfera que nos enclausura e, por vezes, nos olha de modo estranho e vítreo, fazendo-nos congelar quando o voo de um pássaro traça, ao longo da esfera, uma linha vertiginosa e incompreensível. No entardecer do quarto, erguia-se, de uma só vez, uma solidão fria, ampla e clara como o meio-dia.

Marcos Sanches. *Claudine e o Sr. G.* Gravura em metal, 26,6 x 39,2 cm, 2017.

Então um deles disse, e soava como se alguém tocasse suavemente um violino: "...ele é como uma casa com portas fechadas. Nela está o que ele fez, talvez seja como uma música suave, mas quem é capaz de ouvi-la? Isso poderia, quem sabe, transformar tudo numa doce tristeza..."

E o outro respondeu: "...talvez ele tenha perambulado repetidas vezes pelo seu íntimo, tateando em busca de uma porta, e, finalmente, eis que para, apoiando apenas o rosto nas vidraças vedadas e observando as vítimas amadas, de longe, sorrindo..."

Era apenas sobre isso que falavam, mas no encanto de seus silêncios entrelaçados tudo vibrava cada vez mais alto e amplo. "...Há apenas aquele sorriso que ainda as alcança, pairando sobre elas, sorriso que trança uma guirlanda de finos caules com a feiura retorcida de gestos débeis que sangram até a morte... ele hesita ternamente, como se duvidasse de que elas a estivessem sentindo e, deixando-a cair, lança-se, decidido, tal estranho animal, arrastado pelas asas trêmulas dos segredos de sua solidão rumo ao vazio de um espaço pleno de assombros."

Sentiam que o segredo de estarem juntos repousava naquela solidão. Era uma obscura sensação do mundo circundante que aninhava um ao outro, uma sensação onírica da frieza vinda de todos os lados, exceto de um – e era aí que se amparavam um no outro, regulando cada qual o seu peso, abrigando-se, como duas metades que se encaixam maravilhosamente e que, uma vez ajustadas, minoram a barreira com o exterior, enquanto o íntimo cresce e flui de um para o outro. Às vezes, ficavam tristes por não poder fazer tudo juntos até o último detalhe.

"Tu te lembras", disse repentinamente a mulher, "quando me beijaste noites atrás? Sabias que havia algo se entrepondo entre nós? Naquele exato instante, lembrei-me de algo, totalmente irrelevante, mas que não era tu, e aquilo me machucou: que houvesse algo que não fosse tu. Eu não podia te falar do que se tratava e tinha de sorrir, pois não sabias de nada; pensavas estar próximo de mim, então eu não queria mais te falar e fiquei com raiva, já que não sentias isso e teus carinhos não me alcançavam mais. E eu não ousava te pedir para me deixar, pois, na realidade, não estava acontecendo nada, estava próxima de ti, mas mesmo assim havia entre nós como que uma sombra vaga, como se eu pudesse também estar longe de ti e sem ti. Conheces a sensação, as mesmas coisas podem, de repente, estar ali duas vezes, plenas e nítidas como as conhecemos, e depois mais uma vez pálidas e sob uma penumbra amedrontadora, como se aquele estranho já as fitasse? Eu tinha vontade de te agarrar e te arrastar de volta para dentro de mim... e também de te lançar longe e de me jogar no chão, e só porque isso havia sido possível..."

"Foi daquela vez...?"

"Sim, foi daquela vez, quando estava embaixo de ti e comecei a chorar; pensaste que era um excesso de nostalgia, que era porque eu queria entrar fundo com meus sentimentos dentro dos teus. Não me leves a mal, eu tive que te dizer aquilo e não sei por que: foi só uma ilusão, mas me machuca muito, acho que só por causa disso tenho que pensar nesse G. Tu...?"

O homem na poltrona havia pousado o cigarro e levantara. Os olhares deles agarravam-se um no outro com o oscilar tenso dos corpos de dois seres que estão lado a lado numa corda bamba. E então não disseram mais nada, mas levantaram as venezianas e olharam para a rua; tiveram a impressão de vislumbrar, dentro de si, um crepitar de tensões, algo que assumia uma forma nova e se acomodava, retomando o repouso. Sentiam que não poderiam viver um sem o outro, mas tão somente juntos, como um sistema que se apoiasse sobre si mesmo com muita arte, sendo assim capazes de carregar tudo o que desejassem. Quando pensavam um no outro, isso lhes parecia quase mórbido e doloroso, pois aquela inconcebível ternura e ousadia era tão excessiva que qualquer insegurança interior os fazia sentir sua delicada vulnerabilidade. Depois de um tempo, quando a visão do estranho mundo exterior havia lhes devolvido a segurança, ficaram cansados e desejaram adormecer lado a lado. Não sentiam nada a não ser um ao outro, mas mesmo assim aquele sentimento – já muito diminuto, a evanescer no escuro – estava como que se espraiando nas quatro amplidões do céu.

° °

Na manhã seguinte, Claudine viajou à pequena cidade onde ficava o instituto em que Lili, sua filha de treze anos, estava sendo educada. Lili era a filha do primeiro casamento e seu pai era um dentista americano que Claudine consultara, atribulada que estava com dores de dente durante uma estada no campo. Estava, na ocasião, aguardando em vão a vinda de um amigo, cuja chegada fora tão postergada a ponto de tirar--lhe a paciência e, então, estranhamente bêbada por efeito da ira, da dor e do éter, aquilo aconteceu – com o rosto branco e redondo do dentista, que estava ali há muitos dias, pairando na frente do seu rosto. Ela jamais sentiu remorso por aquele evento, nem pela primeira parte de sua vida, ainda mais remota e perdida. Quando teve de retornar para uma revisão, semanas mais tarde, ela se fez acompanhar por uma criada, e assim a experiência estava encerrada; nada restava, salvo a lembrança de uma estranha nuvem de sensações que a confundia e excitava como um espesso casaco que lhe atabafa a cabeça, depois desliza e, de pronto, cai no chão.

Pois algo estranho restara de tudo o que havia feito e experimentado naquela época. Havia casos para os quais ela não encontrara um desfecho rápido e contido como aquele, e assim ficara por muito tempo sob o domínio de homens irrelevantes, homens para quem fazia tudo o que exigiam, até o total sacrifício de si mesma e o mais extremo despojamento da sua vontade. Tudo ocorreu sem que nunca tivesse, mais tarde, a impressão de ter vivido algo forte ou importante. Ela gerava ações e sofria ações de uma potência passional que beirava a humilhação, porém sem jamais perder a consciência de que, no fundo, tudo o que fazia não a tocava e que aquelas coisas todas, essencialmente, nada tinham a ver com ela. Como um riacho que murmura, aquele turbilhão da vida de uma mulher infeliz, comum e infiel vinha e partia, porém a sensação que lhe vinha era apenas a de estar sentada, imóvel e perdida em pensamentos.

Era uma consciência, nunca muito nítida, de uma intensa interioridade que conferia aquela derradeira reserva e segurança à sua impulsiva entrega a outras criaturas. Por trás de todos os enredamentos de experiências reais corria algo desencontrado e incógnito e, ainda que aquela essência secreta de sua vida nunca chegasse a tocá-la, levando-a a pensar que não seria jamais elevada por ela, mesmo assim podia senti-la. Ela a sentia como um hóspede que ingressa uma única vez numa casa estranha, entregando-se, sem reserva e com certo enfado, a tudo o que o aguarda em seu interior.

Finalmente, tudo o que fizera e sofrera submergiu no instante em que encontrou seu atual marido. E então mergulhara na quietude e na solidão; não se tratava mais de saber o que acontecera, mas somente o que agora surgiria dali, e tudo parecia ter ocorrido apenas para que ambos sentissem um ao outro com mais intensidade – o restante caía no esquecimento. Enlevos embriagantes de crescimento alçavam-se como montes de pétalas ao redor dos dois e era apenas num longínquo horizonte que restava um sentimento de mágoas superadas, um pano de fundo de onde tudo se desvencilhava e se liberava, tal como o sonolento movimento que o primeiro calor desperta após longa friagem.

Talvez apenas uma coisa, tênue, pálida e pouco perceptível, ainda escorresse de sua antiga vida para a atual. E talvez fosse por acaso que ela precisasse pensar naquilo justamente hoje, a não ser que fosse porque ia visitar sua filha ou por qualquer outra contingência. Começou somente na estação ferroviária, quando ela – mergulhada na multidão de seres que a oprimiam e inquietavam – foi suavemente tocada por um sentimento, flutuante e quase desvanecido, que a fez se lembrar de um período quase esquecido.

O marido não tivera tempo de levá-la até a estação. Ela esperava o trem sozinha e, ao seu redor, havia uma multidão que empurrava e pressionava e que se arrastava lentamente de um lado para o outro como uma onda de água suja, espessa e pesada. Ao seu redor, as emoções que a luz do sol delineara nos semblantes empalidecidos e entreabertos boiavam como desovas na face de um açude tépido. Sentia nojo. Sentia o desejo de espantar com um gesto negligente tudo o que se mexia e empurrava. No entanto, por causa da assustadora superioridade física ao seu redor ou, ainda, por causa da luz fosca, uniforme e indefinida que descia do vasto teto de vidro que um abstruso emaranhado de traves metálicas turvava, ela sentia, ao andar com aparente equanimidade e polidez por entre aqueles seres, que era forçada a fazer aquilo, sofrendo no mais íntimo uma humilhação. Em vão procurava proteção. Era como se tivesse se perdido, e ondulasse, lenta, em meio à multidão. Seus olhos não davam mais conta de tudo, não conseguia nem mesmo pensar em si e, quando fazia o menor esforço, propagava-se ao redor de seus pensamentos uma tênue e suave dor de cabeça.

Os pensamentos se voltavam para dentro e tentavam reaver o dia anterior, mas Claudine teve apenas a consciência de estar carregando, em segredo, alguma coisa delicada e preciosa. E não podia deixá-la escapar, pois os outros seres não a compreenderiam e, além disso, Claudine era mais fraca, não saberia se defender – e tinha medo. Magra e retraída, andava entre eles plena de altivez, mas, sempre assustadiça quando alguém se aproximava, escondia-se atrás de uma máscara de humildade. Ao mesmo tempo, secretamente encantada, sentia a felicidade e sentia como a felicidade ficava mais bela à medida que se entregava àquele medo confuso.

Depois ela reconheceu isso. Era assim que ocorria. Repentinamente lhe vinha a impressão: como se tivesse permanecido por longo tempo em outro lugar, ainda que nunca distante. Ao seu redor, havia algo crepuscular, algo incerto como ocorre com os enfermos que escondem, ansiosos, suas paixões. Tudo o que fazia parecia se esfarelar, para logo ser arrebatado pela memória de estranhos. Nada lhe ficava daquele início de frutificação que, com doçura, logo enche uma alma, enquanto os outros acreditam tê-la devassado por completo e aí passam, saciados, adiante... e mesmo assim havia, pálido, em tudo o que sofria, um brilho que se assemelhava a uma coroa, e nesse sofrer, zumbido aturdido que lhe acompanhava a vida, uma rútila cintilação tremeluzia. Algumas vezes sentiu as dores, que lhe ardiam como se fossem chamas pequeninas, e algo a compelia, inquieta, a acender outras novas chamas. E pensou que estava sentindo ao redor da testa um círculo cortante, tão invisível e irreal como se fosse feito de vidro e sonho, mas às vezes podia também ser somente um sibilar agudo e longínquo girando na cabeça.

Claudine ficara imóvel, enquanto o trem, sacudindo de leve, atravessava a paisagem. Os outros passageiros conversavam, mas ela ouvia tudo como se fosse apenas um cicio. E agora, enquanto pensava no marido, seus pensamentos, cheios de uma felicidade murcha e macia, como brisa que a primavera colhe longe nas neves, tinham, a despeito da suavidade, algo que quase lhe impedia o movimento. Era como se um corpo em convalescência, adito ao quarto abafado, tivesse de fazer os primeiros passos ao ar livre. Uma felicidade que nos faz parar quietos e que quase dói... e ainda, no fundo,

Maria Tomaselli. *O Trem*. Gravura em metal, 39x54cm, 2017.

invocava aquele som incerto e vacilante, que não conseguia captar, longe que estava, esquecido, como uma cantiga infantil, como uma dor, como ela... em círculos amplos e vacilantes, levava em seu rastro os seus pensamentos, porém não se conseguia olhar de frente aquele som.

Ela se reclinou e olhou pela janela. Pensar nessas coisas lhe causava exaustão; seus sentidos estavam plenamente despertos e sensibilizados, mas atrás dos sentidos algo queria se manter na mansidão, expandir-se, deixando o mundo deslizar acima... Postes de telégrafo passavam oblíquos, os campos, com seus sulcos turvos e sem neve, corriam sinuosos para além, e os arbustos estavam como de ponta-cabeça, com centenas de perninhas esticadas das quais pendiam milhares de minúsculos sinos d'água, que caíam, corriam, faiscavam e raiavam... havia algo divertido e leve, um abrir-se na amplidão, como se as paredes se abrissem, algo solto que alivia e desperta imensa ternura. Até mesmo do seu corpo levantava-se aquele peso brando, deixando nos ouvidos uma sensação como que de neve dissolvida e, pouco a pouco, apenas um tilintar esparso e continuado. Parecia-lhe que vivia com seu marido no mundo, como numa esfera prenhe de pérolas e bolhas e de um frufru de nuvens leves como plumas. Ela fechou os olhos, entregando-se àquilo.

Mas, pouco depois, começou a pensar novamente. O flutuar leve e rítmico do trem, a leveza da natureza que se liquefazia lá fora, tudo era como se a pressão se desfizesse, e veio a Claudine, num átimo, a noção de que estava sozinha. Sem pensar, suspendeu o olhar. Ao redor de seus sentidos o farfalhar de rebuliços suaves persistia; era como se, de súbito, encontrássemos uma porta aberta que lembramos de ter visto somente fechada. Talvez ela tivesse sentido aquele desejo há mais tempo ou percebido algo que balançava para lá e para cá no amor entre ela e seu marido, porém ela nada sabia, a não ser que alguma coisa os ligava de modo cada vez mais firme, e agora, de repente, pareceu-lhe que algo que estivera encapsulado nela há muito tempo estilhaçara-se às escondidas; daí brotaram, como se de uma ferida pouco visível, ainda que profunda, pensamentos e emoções, que emergiam em pequenas e intermináveis gotículas e que acabaram por alargar o sulco da ferida.

Há tantas perguntas que ficam à margem na relação com pessoas amadas; caminhamos à distância delas para continuar a construir a vida em comum, antes de ponderá-las e respondê-las plenamente. Mais tarde o que construímos nos consome a força que precisaríamos para imaginar a outra coisa. É verdade que, à beira do caminho, ainda resta um marco estranho de tudo aquilo, um rosto, um perfume que paira, uma senda jamais percorrida que se perde entre a relva e as pedras. Sabemos que deveríamos retornar e olhar aquilo outra vez, mas tudo nos faz avançar; o que trazemos são apenas fios de uma teia de aranha, sonhos, e o farfalhar de um galho seco torna o passo hesitante, e o de um pensamento malogrado irradia uma muda paralisia. Ultimamente, talvez com um pouco mais de frequência, vem ocorrendo essa coisa de olhar para trás, um pendor um pouco mais vigoroso para o passado. A constância de Claudine revoltou-se contra isso, justo porque não havia ali nenhuma quietude. Na verdade, era uma pulsação de forças, fornecendo apoios mútuos e equilíbrio, graças a um contínuo movimento para frente. Era um caminhar de mãos dadas, apesar das súbitas irrupções que às vezes ocorriam no meio do caminho e da tentação de parar mesmo assim. De parar na absoluta solidão para lançar o olhar ao redor. Naquele momento, ela sentia sua paixão como uma coerção e uma coação que arrastam. E, no entanto, ao superar aquilo, sentindo remorso ao mergulhar de novo na consciência da beleza do seu amor, essa beleza lhe parecia hirta e pesada como uma embriaguez. E ela via, encantada e atônita, que cada movimento seu tinha algo de amplo e rígido, como se estivesse presa aos fios de ouro de um corpete de brocado; em algum lugar, porém, algo aguardava, sedutor, estendido, pálido e silente, como as sombras do sol de março na terra lacerada pela primavera.

Ainda que feliz, Claudine se sentia acometida, em certas ocasiões, da consciência de que tudo era simples fatualidade, quase um mero acaso; e pensava às vezes que devia haver um outro modo, mais longínquo, de vida que lhe estivesse destinado. Talvez fosse apenas a forma de um pensamento residual, vindo de outros tempos, não um pensamento deliberado e real, mas somente um sentimento que, em outros tempos, tivesse vindo acoplado a uma ideia daquele tipo, um movimento vazio, um inexorável espiar e olhar para além que – sempre retrocedendo e nunca preenchido – perdera há muito o conteúdo e repousava em seus sonhos como a abertura de um corredor escuro.

Mas talvez isso fosse, na verdade, uma felicidade solitária, muito mais maravilhosa do que todo o resto. Algo leve, móvel e obscuramente sensível numa das facetas do seu relacionamento, algo que, no amor entre outras pessoas, é muito mais uma estrutura enrijecida e ossificada, um sustentáculo sem alma. Havia nela uma leve inquietação, uma saudade quase doentia de um suspense extremo, como se adivinhasse que pudesse haver um derradeiro clímax. E, por vezes, era como se ela estivesse destinada a algum sofrimento amoroso desconhecido.

Às vezes, quando escutava música, aquele pressentimento lhe tocava a alma de modo furtivo, muito ao longe, em algum lugar... ficava espantada por repentinamente reconhecer a própria alma, ainda ali, naquela coisa irreconhecível. Porém, a cada ano vinha um período, na virada do inverno, em que se sentia mais próxima dessas fronteiras externas do que em outras estações. Nesses dias descarnados, que oscilavam molemente entre a vida e a morte, sentia um pesar que não podia ser o do comum desejo de amor. Era quase uma saudade passional de abandonar aquele amor imenso que a possuía, como se amanhecesse obscuramente diante dela o caminho de um derradeiro elo que já não a conduzia para perto do seu amado, mas além. Conduzia-a, desamparada, ao esmorecimento mole e seco de um horizonte amplo e doloroso. E ela notava que isso viera de um lugar longínquo onde o amor já não era mais algo só entre os dois, mas algo precariamente enredado no mundo, com raízes pálidas.

Caminhando juntos, suas sombras não tinham mais do que uma débil coloração, e andavam tão soltas ao redor de seus passos como se não conseguissem ancorá-los na terra, e o som do solo endurecido debaixo de seus pés era tão breve e profundo e os arbustos desfolhados olhavam o céu de tal maneira que todas as coisas mudas e dóceis de repente pareciam se libertar, tornando-se bizarras, e eles se erguiam, altos e eretos, naquela meia-luz, como aventureiros, como estranhos, como seres irreais, comovidos com seu próprio eco declinante, repletos dos fragmentos de algo indecifrável ao qual nenhuma coisa respondia, algo que todos os outros objetos descartavam, algo projetando no mundo um quebrantável fulgor, que, rejeitado e sem nexo, brilhava ora numa coisa, ora num pensamento evanescente.

Conseguia pensar que poderia pertencer a um outro, e isso não lhe parecia infidelidade, mas um derradeiro casamento, em outro lugar onde eles não estavam, onde seriam apenas música, onde ela não pertencia a ninguém, e uma música que não ecoasse em nada. Pois sentia nessas horas a existência como sendo apenas uma linha que zunia, fazendo-se ouvir naquele calar confuso, como algo em que um instante pede o próximo, e ela se tornava o que fazia – inexoravelmente e sem a menor importância – e, ainda assim, restava algo que ela jamais poderia fazer. E se lhe parecesse, de repente, que talvez eles se amassem apenas com o ruído daquele único som – loucamente íntimo e doloroso – da recusa de ouvir, então adivinhava as sinuosidades profundas e os enredamentos inomináveis que, como gotas silenciosas, surgiam nas pausas, naqueles instantes do despertar que nos arrancam do vazio sonoro, quando despertamos para o desatino absurdo de nos vermos imersos em certo sentimento, em meio a eventos sem consciência; ela o amava com a dor de um solitário e duro estar-ali, lado a lado, um estar voltado para dentro de algo diante do qual todas as outras ações são apenas um fechar-se aturdido e um entregar-se à sonolência, e nesse amor pensava causar-lhe um último sofrimento, pesado como a terra.

Por muitas semanas ainda seu amor manteve aquela coloração; e depois passou. Muitas vezes, porém, quando sentia a proximidade de outra pessoa, aquilo retornava de forma mais tênue. Bastava um ser qualquer, falando qualquer coisa, para que ela se sentisse olhada daquele lugar... com surpresa... Por que tu estás aí ainda? Nunca acontecia de sentir desejo por aquelas criaturas estranhas; era doloroso pensar nelas; sentia nojo. Mas, de repente, estava envolvida no balançar incorpóreo do silêncio e já não sabia se estava se erguendo ou afundando.

Agora Claudine olhava para fora. Tudo ainda estava como sempre fora. Mas – era de seus pensamentos que aquilo vinha ou de onde viria? – uma morna e obstinada resistência cobria tudo, como se estivesse a olhar através de um tênue e embaçado entrave. A leve euforia, como o tropel inquieto de milhares de pernas, era agora insuportável em sua tensão; sapateava e fluía como num arremedo desvairado de passinhos de anões excessivamente vivazes, mas ainda assim era algo que continuava mudo e morto para ela. E surgia, ora aqui, ora ali, feito um chacoalhar vazio ou se arrastava numa fricção gigantesca.

Sentia uma dor física ao olhar aquele movimento onde sua sensibilidade não residia mais. Aquela vida, que há pouco a penetrara, transformando-se em sentimento, ela ainda a via lá fora, tonta, cheia de si, mas quando tentava atraí-la, as coisas se soltavam e se esfarelavam sob seus olhos. Surgia uma feiura que lhe perfurava estranhamente os olhos, como se ali sua alma tivesse se curvado para fora, ampla e tesa, desejando algo, mas apanhando o vazio...

E, de repente, ela se lembrou que também – como tudo ao redor – vivera presa e amarrada num só lugar, numa cidade, numa casa, num apartamento e com certo modo de se sentir, anos e anos num minúsculo ponto. E pareceu-lhe que sua felicidade – mesmo que se detivesse e esperasse por pouco tempo – também podia passar, tal como todo aquele amontoado de coisas que berravam.

Esse pensamento, contudo, não lhe parecia aleatório, havia algo ali de um deserto que se espraia, ilimitado, um ermo onde seu sentimento procurava em vão algum apoio; e algo de manso a tocava, silenciosamente, como um alpinista pode se sentir tocado quando escala um precipício; e então sobreveio um momento totalmente frio e tranquilo em que ela se ouviu como um pequeno ruído incompreensível no interior de um plano gigantesco, e naquele momento um silenciar repentino a fez notar com quanta suavidade havia se infiltrado e o quanto o rosto pétreo do vazio era imenso e pleno de sons esquecidos, horripilantes.

E enquanto, diante disso, ela se enrugava e se retraía como uma pele fina, sentindo nas pontas dos dedos a angústia muda de quem terá de refletir sobre si, e enquanto as sensações lhe grudavam como minúsculos grãos e seus sentimentos deslizavam como areia, ela ouvia de novo aquele som estranho; como um ponto, um pássaro, ele parecia pairar no vazio.

E, num golpe, sentiu tudo como um destino. Que tivera de viajar, que a natureza à sua frente recuava, que ela se retraíra, muito tímida, já no início daquela viagem, com medo de si, dos outros, da sua felicidade, e seu passado lhe parecia, naquelas horas, a expressão imperfeita de algo que ainda estava por vir.

Ela continuava a olhar para fora, ansiosa. Porém, pouco a pouco, à mercê daquela imensa estranheza, seu espírito começou a se envergonhar de tantas relutâncias e forças imperiosas, e teve a impressão de vê-lo se deter, e uma força sutil e derradeira se apoderou de seu espírito suavemente, e assim, imbuído da força da fraqueza que deixa ser e acontecer, começou a se desfiar, ficando menor que uma criança e mais macio que seda fanada. E ela sentia, com um encanto que se espraia com suavidade, a alegria humana mais profunda – semelhante à de um adeus –, a da estranheza do mundo e, junto, o sentimento de não poder adentrar nela, de não encontrar, dentre todas as suas decisões, nenhuma que lhe estivesse destinada. E, ali, bem no meio delas, sentia-se arrastada à margem da vida, à queda iminente na ampla vastidão opaca de um espaço oco.

De repente, começou a sentir uma obscura nostalgia de sua vida anterior, uma vida que fora abusada e explorada por estranhos, era como uma saudade de despertar, pálida e debilmente, de uma doença, enquanto, em casa, ruídos migravam de um quarto ao outro, de modo que já não pertencia a lugar algum e vivia uma vida suspensa num espaço qualquer, liberada do peso e das pressões de sua própria alma.

Do lado de fora, a paisagem se enfurecia em silêncio. Sua mente sentia que as pessoas haviam se tornado tão grandes e ruidosas e seguras que ela teve de se enroscar em si mesma como para se proteger delas, não possuindo mais nada além do não-ser, do seu peso nulo, e uma deriva em direção a algo. Aos poucos, o trem começou a se mover silenciosamente, num suave embalo, cruzando uma paisagem que a neve espessa ainda encobria, enquanto o céu ficava cada vez mais baixo, e não demorou muito para, a alguns passos de distância, arrastar consigo as cinzentas cortinas escuras dos flocos que varriam o chão. Na cabine, a luz transmudou-se num amarelo crepuscular e, diante de Claudine, destacavam-se, incertas, as silhuetas dos outros passageiros, lentas e irreais no seu vai--e-vem. Não sabia mais o que estava pensando. Em silêncio, sentia o gozo de estar sozinha, com estranhas experiências. Era como um jogo da turvação em suas mais intangíveis e rarefeitas formas, e com amplas e vagas moções anímicas que avançam para apalpá-las. Tentava lembrar-se do marido, mas de seu amor quase extinto encontrava apenas uma insólita imagem, como de um quarto com janelas fechadas há muito. Esforçou-se para se livrar dessa impressão, mas ela retrocedia muito, muito pouco, mantendo-se presente em algum lugar por perto. E o mundo tinha um frescor tão agradável, tal uma cama fresca onde ficamos sozinhos quando o outro partiu... Sentiu então como se algo decisivo estivesse por vir, e não sabia por que o sentia, e não ficava nem feliz nem indignada, mas apenas notava que não ia fazer nem impedir nada, e seus pensamentos avançavam, lentos, para fora, para o interior da neve, sem olhar para trás, avançando mais e mais além, como quando estamos cansados demais para retornar, e avançamos mais e mais.

Quase no fim da viagem, o conselheiro dissera: "Idílico, uma ilha encantada, uma bela mulher no meio de um conto de fadas, com rendas e brancos *dessous...*", e fez um gesto em direção à paisagem. "Ridículo", pensara Claudine, mas não encontrou no instante uma resposta adequada.

Foi como se alguém batesse à porta, seu rosto grande e pálido flutuando atrás das vidraças foscas. Não sabia quem era aquele homem; era-lhe indiferente quem fosse; apenas sentia que ele estava ali e queria alguma coisa. E que algo começava a se tornar real.

Era como se, entre as nuvens, soprasse uma brisa leve, enfileirando-as em renques que lentamente debandam para longe. Ela sentia que, na bruma tênue de seus sentimentos, se infiltrava um movimento que se tornava realidade, sem que encontrasse nela seu fundamento, passando à distância... E amou como amam certos seres sensíveis: desejando, nesse desenho incompreensível dos fatos, ser o que não é espiritual, o não-ser-ela, a impotência, a desonra e o sofrimento do seu espírito, como quando, por afeto, batemos naqueles que são fracos, uma criança, uma mulher, e depois queremos ser o vestido que está sozinho no escuro, envolto em suas dores.

Chegaram, no final da tarde, em um trem esvaziado; as pessoas pingavam, uma a uma, de dentro dos vagões; de estação em estação, os passageiros eram peneirados e, agora, o restolho era varrido e ordenado com alguns gestos rápidos, pois havia apenas três trenós à disposição que teriam de ser partilhados na última etapa de cerca de uma hora. Antes mesmo de começar a refletir, Claudine já estava sentada com quatro pessoas num daqueles veículos minúsculos. Da dianteira vinha um estranho cheiro de frio e de animais que fumegavam, e vinham faíscas de luzes dispersas que refletiam de lanternas.

Por vezes, ondas de escuridão batiam contra o trenó, fluindo através dele para além; Claudine então notou que estavam passando por duas fileiras de árvores altas que formavam uma espécie de corredor escuro que se estreitava à medida que eles se aproximavam do destino.

Devido ao frio, ela se sentou com as costas voltadas para os cavalos, e à sua frente estava aquele homem grande e largo, envolvido em peles. Ele bloqueava o caminho aos seus pensamentos, os quais desejavam recuar. Como se uma porta houvesse sido fechada, cada olhar seu encontrou à frente a escura silhueta daquele homem. Notou que o olhara várias vezes para distinguir-lhe as feições, e ela o fez, de certo modo, como se tudo girasse em torno daquilo, como se todo o resto já estivesse decidido. Com prazer, no entanto, sentia que ele continuava indistinto, um homem qualquer, apenas algo estranho em sua largueza e estranheza. Às vezes, parecia que se aproximava dela, como uma floresta itinerante com um emaranhado de troncos. E aquilo a sobrecarregava.

Enquanto isso, no pequeno trenó, as pessoas se emaranhavam numa teia de conversas. Ele participava, respondia, a exemplo de tantos outros, com sagacidade corriqueira, com aquela fragrância apimentada, cortante e perspicaz que cai bem com um homem na presença de uma mulher. Ela se retraía sempre que as demandas quase naturais do domínio masculino se afirmavam, e lembrava, envergonhada, que tinha deixado de rejeitar com maior rigor as insinuações. E quando era forçada a falar, aquilo parecia vir com excessiva solicitude, o que lhe proporcionava uma súbita sensação de abatimento, de algo rompido e mutilado, como um braço decepado.

Então teve a percepção aguda de que a cada curva do caminho era sacudida e lançada de um lado para o outro, e de que estava sendo tocada, contra a vontade, nos braços, nos joelhos, e às vezes seu tronco inteiro estaria se apoiando contra um estranho. Sentia isso através do filtro de uma longínqua correspondência, como se o pequeno trenó fosse um quarto escurecido onde aqueles seres, quentes e pulsantes, se sentavam, e ela, ansiosa, suportava aquela devassidão com um sorriso, olhando reto para frente, como se nada percebesse.

Mas tudo se passava como quando, no instante entre o sonho e o despertar, divisamos um sonho tenebroso, cuja irrealidade, de certa forma, se infiltra na consciência. Ela estranhava estar sentindo isso com tanta força, até o momento em que o homem se inclinou, olhou para o céu e disse: "Vamos ficar bloqueados pela neve."

Naquele instante, seu pensamento mergulhou na mais aguda vigília. Ergueu os olhos, as pessoas gracejavam, alegres e inofensivas, do mesmo modo que vislumbramos, no fundo da escuridão, uma luz vaga e umas silhuetas minúsculas. E, de repente, sua consciência, diante da realidade, ficou estranhamente indiferente e sóbria... Notava, com surpresa que, apesar de tudo, se sentira tocada e com extrema veemência. Isso quase a deixou assustada, pois era ao mesmo tempo pálida e clara demais a lucidez da consciência, em que nada podia descer ao vago do sonho e em que nenhum pensamento podia se mover, e, contudo, nessa consciência por vezes os seres ficavam irregulares e imensamente altos, como colinas, e pareciam deslizar através de uma neblina invisível na qual a realidade crescia, ganhando a imensidão de sua outra silhueta assombrosa. Quase sentiu humildade e medo diante daquilo, mas, mesmo assim, não perdeu nunca de todo a sensação de que aquela fraqueza era simplesmente uma estranha aptidão; era como se as fronteiras de seu ser tivessem avançado, invisíveis e sutis, para além dela, e tudo agora se chocava suavemente contra ela e a fazia tremer. E, pela primeira vez, ficou espantada com o dia esquisito, cuja solidão soçobrara com ela como um caminho subterrâneo tomba num sussurrar confuso de crepúsculos interiores e que agora se alçava de chofre em regiões mais longínquas para um acontecimento tenaz e verdadeiro, deixando-a sozinha com uma realidade ampla, insólita e indesejada.

Espiou para o outro lado, para o estranho. Naquele instante, ele riscou um fósforo; a barba e um dos olhos reluziram sob o brilho: súbito, sentiu como dignos de nota até os gestos inócuos, notou de pronto a solidez do evento, o fato de uma coisa decorrer de outra, estando ali com a maior naturalidade, tudo trivial e calmo, mas, ainda assim, como uma potência simples, incalculável e amoldada em pedra. Refletiu que aquele era, com certeza, um homem bastante comum. Então, aos poucos, foi tomada por uma sensação tênue, amortecida e intangível de si mesma; dissolvida e dilacerada, tal espuma pálida que se espalha em flocos, ela se via boiando diante dele na escuridão. Agora a atitude de responder-lhe de modo amável lhe era sensível como um bizarro atrativo. Seu olhar seguia, impotente, com a alma imóvel, as próprias ações, e sentia um gozo que era em parte prazer, em parte sofrimento, como se estivesse agachada no interior profundo de uma enorme exaustão.

Mas, num certo momento, lembrou que no passado, às vezes, as coisas haviam começado daquele jeito. Ao refletir sobre esse retorno, sentiu-se momentaneamente roçada por um pavor esvoaçante no qual se mesclavam impotência e desejo, um pavor como que diante de um pecado ainda inominável; e então se perguntou se ele havia notado que ela o olhara, e seu corpo se encheu de uma sensualidade submissa que era como um esconderijo em torno da intimidade secreta de sua alma. O estranho, no entanto, estava sentado, ancho e tranquilo, na escuridão, e sorria só de vez em quando, ou pelo menos assim lhe parecia.

Assim continuaram a viagem, perto um do outro, cara a cara, enquanto adentravam um profundo crepúsculo. E, aos poucos, seus pensamentos foram novamente tomados por aquela inquietude tênue que a impelia para frente. Tentava dizer a si mesma que tudo isso era apenas o silêncio interno que a repentina viagem solitária com pessoas estranhas tornara confuso como uma alucinação e pensava por vezes que, ao contrário, era o vento, cujo invólucro de gelo rígido e ardente a tornara tesa e sem vontade, mas por vezes tinha uma sensação muito esquisita, como se seu marido estivesse novamente muito próximo, e assim aquele seu estado de fraqueza sensual parecia um sentimento maravilhoso e animado no fundo de seu amor. E, em certo momento – no instante em que lançara o olhar para o estranho, ao sentir uma sombra da rendição de sua vontade, de sua rigidez e inviolabilidade –, uma fulguração resplandeceu sobre seu passado, iluminando uma extensão indescritível e estranhamente ordenada. O modo como essas coisas há muito transcorridas ainda estavam vivas motivou uma sensação esquisita de futuro. Um instante depois, no entanto, tudo era apenas um roçagar efêmero da inteligência na escuridão. Só no seu interior ainda ressoava algo, de maneira vaga, como a paisagem jamais vista de seu amor, vista cheia de coisas vastas que zuniam de mansinho, confusas e enigmáticas. Contudo, ela não sabia mais como e sentia um desânimo, uma moleza dentro do envoltório de si mesma, cheia de decisões esdrúxulas ainda incompreensíveis que vinham da paisagem.

E teve de pensar naqueles dias inusitados, desconectados dos demais, como se fossem peças enfileiradas num lugar remoto de uma casa, que se espraiavam à sua frente, desaguando umas nas outras e, em meio a tudo isso, ouviu, uma a uma, as batidas dos cascos dos cavalos se aproximando – desamparada e entregue à presença banal das circunstâncias que a colocaram perto do trenó, e com um riso apressado, entregou-se a uma das conversas, e seu interior, largo e ramificado, que estava impotente na confusão labiríntica, parecia recoberto por um feltro emudecido.

Ela havia acordado à noite, como alguém que acorda ao som de uma campainha. Percebeu que estava nevando. Olhou para a janela. Aquilo se erguia no ar, macio e pesado como um muro. Caminhou furtiva, pé ante pé, aproximando-se descalça. Foi uma rápida sucessão, e ela sentiu obscuramente que, feito um animal, pousara no chão os pés desnudos. Depois, bem perto da janela embaçada, fitou o denso cipoal de flocos. Fez isso como alguém que se levanta em meio ao sono, dentro do espaço exíguo de uma consciência que prorrompe como uma pequena ilha desabitada. E estava como que muito longe de si. E naquele momento lembrou, recordando o tom e o acento com que o homem dissera: vamos ficar bloqueados pela neve.

Nisso, tentou juntar suas ideias e virou-se para trás. O quarto era estreito, mas naquele espaço estreito havia algo muito peculiar, parecia uma gaiola ou algo como estar sendo surrado. Claudine acendeu uma vela, iluminando as coisas ao redor: o sono aos pouquinhos escoou dos objetos, e estes ali ficaram como se não encontrassem para si o caminho de volta – um armário, uma cômoda, uma cama, e mesmo assim havia algo de excessivo ou algo que faltava, um nada, um rugoso e flutuante nada. Cegos e murchos, os objetos ali estavam, no crepúsculo desértico da luz flamejante; sobre a mesa e pelas paredes, espalhava-se ainda uma sensação infinita de poeira e a de ter de atravessar aquilo de pés descalços. O quarto dava a um corredor estreito, assoalhado com tábuas de madeira e paredes caiadas; ela sabia que no lugar onde a escada subia havia uma lâmpada fraca pendurada em uma argola de arame que projetava cinco círculos oscilantes sobre o teto, e sabia que, mais adiante, a luz escorria como marcas de mãos sujas em paredes pintadas. Como guardas diante de um vazio de turbulência estranha – assim eram os cinco círculos luminosos que oscilavam sem sentido... Ao redor havia seres estranhos, adormecidos. Claudine sentiu, de brusco, um calor fantástico. Queria berrar com doçura, como miam os gatos, por medo ou por desejo, que era como ela se encontrava, acordada em plena noite, enquanto as últimas sombras de seus atos já deslizavam – esquisitas até para os seus sentidos – de volta por entre as frestas das lisas paredes do seu interior. E então

Maria Tomaselli. *Penumbra*. Gravura em metal, 39x53,5 cm, 2017.

pensou: e se ele viesse agora e tentasse fazer o que, com certeza, ele quer fazer...

Não entendeu como havia se assustado. Como uma esfera candente, algo rolou por cima dela. Por minutos nada aconteceu, salvo um assustar-se bizarro e, por detrás, certa estreiteza silenciosa e reta feito um chicote. Ela tentou então representar para si o homem. Mas não conseguiu; sentia apenas o andar cauteloso, esguio e animalesco dos pensamentos. Só em certos momentos era capaz de ver algo dele, tal como era na realidade, a barba, um de seus olhos a faiscar... Então sentiu nojo. Sentiu que nunca mais poderia pertencer a um estranho. E precisamente ali, justo quando surgiu aquela rejeição ao seu próprio corpo, o corpo que sentia desejo apenas por aquele único, por aquele que era preferido a todos os outros, ela sentiu – como se num segundo plano mais profundo – um vergar-se para fora, uma vertigem, talvez um vislumbre da insegurança humana, talvez um medo de si, talvez apenas um desejo insensato, intangível, tentador que, apesar de tudo, ansiava por aquele outro, e através dela seu medo fluiu como um gelo abrasador, que varre à sua frente uma volúpia destruidora.

Em algum lugar, com ânimo sereno, um relógio encetou uma conversa consigo mesmo; debaixo da janela, ressoando e desvanecendo, passavam passos, vozes tranquilas... Havia um frescor no quarto, e de sua pele se desprendia o calor do sono, indistinto e fluido, que com ela flutuava como uma bruma mole a balançar no escuro: para lá e para cá... Ficou envergonhada diante das coisas que agora se erguiam ao seu redor, de novo rijas e banais e iguais a si mesmas, coisas que fixavam o espaço à frente, enquanto ela, entremeada a tanta consciência, se sentiu confusa, estando ali, parada, à espera de um desconhecido. Mesmo assim compreendeu de modo obscuro que não era o estranho que a atraía e tentava. Era só aquele estar parado e aquele aguardar, e a alegria ramificada, selvagem e desamparada de ser ela mesma, um ser humano que desperta entre coisas inanimadas, como uma ferida que eclode. E enquanto sentia o coração latejando, como se carregasse um animal no peito – uma fera que havia se embrenhado ali e que vinha de algum lugar, confusa por ter errado a trilha –, seu corpo boiou lentamente, fechando-se feito uma flor grande e estranha, acenando a cabeça, uma flor em que farfalha o frêmito embriagado de uma união enigmática a vibrar em extensões invisíveis, e ela ouviu, silente, a migração do coração longínquo do amado, seu carrilhão ressoava no silêncio, inconstante, sem repouso, sem terra e lar, como música arrojada de longe pelo vento, trazida de além-fronteiras, trêmula e estranha como a luz das estrelas; e apanhada pela solidão inquietante daquela harmonia à sua procura, arrebatada por ela como que por um enredamento imenso, lançou-se para muito além das moradas todas das almas.

E sentiu algo ali que estava prestes a atingir a perfeição, a completude, sem saber quanto tempo estivera imóvel; um quarto de hora, horas... o tempo se manteve imóvel, nutrido por fontes invisíveis, como um lago sem margens, sem embocadura, sem escoadouro ao redor. Mas uma única vez, num certo instante, algo escuro vindo daquele horizonte sem limites deslizou em algum lugar pela sua consciência, um pensamento, uma ideia... e, quando passou por ela, reconheceu ali a lembrança dos sonhos há muito submersos da sua vida anterior – e se viu prisioneira de inimigos e forçada a cumprir serviços humilhantes –, mas aquilo, tão logo aparecia, desvanecia e murchava, e da nebulosidade daquela amplidão alçava-se, pela última vez, uma coisa depois da outra, feito varas e cordames fantásticos, claramente atados, e ela lembrou como nunca havia conseguido se defender, como havia gritado em seu sono, como lutara, pesada e sem vida, até a força lhe abandonar os sentidos, toda aquela miséria desmedida e desforme de sua vida... e depois tudo se encerrou – tudo fluía para uma nova quietude muda, em que havia um fulgor radiante, uma onda que recua num derradeiro sopro, como se houvesse algo inominável... e então alguma coisa a assaltou que vinha daquele além – do mesmo modo como, no passado, aquele terrível desamparo de sua existência havia espreitado, por detrás de seus sonhos, algo longínquo, intangível, na esfera da imaginação, que replicava a vida uma segunda vez –, que vinha num sobressalto como uma promessa, um brilho de saudade, uma doçura jamais sentida, um sentimento do eu que desejava – desnudo e privado de si pela terrível irrevogabilidade do destino – a vertigem de fraquezas cada vez mais fundas, aquele sentimento a confundia como a parte do amor que procurava com desnorteada ternura, ternura que perdera ali seu rumo, a perfeição do amor, para a qual a linguagem da vida diurna e da postura rija e reta ainda não encontrou uma palavra.

Naquele momento, já não sabia se sonhara aquele sonho, agora pela última vez, um pouco antes de acordar. Ela o acreditava esquecido há anos, mas de uma só vez seu tempo pareceu estar próximo, pertinho dela, como quando viramos para trás e, de repente, fitamos um rosto. E começou a se sentir tão esquisita, como se naquele quarto estranhamente isolado sua vida se religasse consigo mesma tal qual rastros emaranhados que correm confusos sobre uma planície. Atrás de Claudine, ardia a luzinha que ela havia acendido, e seu rosto avançou para dentro da escuridão; e deixou de sentir, aos poucos, como era a sua própria imagem, e era como se fosse um buraco insólito no escuro, sua silhueta emergindo perante os seus olhos por entre as coisas presentes. E com muito vagar convenceu-se de que, na realidade, ela não estava ali, era como se apenas algo seu estivesse a andar e andar, através do espaço e dos anos, como se tal coisa agora despertasse, longe dela e extravagante, enquanto na verdade ela se mantinha diante daquele sentimento onírico que soçobrara... em algum lugar... um apartamento surgindo... homens... uma angústia horrenda, enredada... e então um enrubescer, um amolecer dos lábios... e, repentinamente, a consciência: um deles virá de novo, e virá outra daquelas sensações pretéritas, os cabelos soltos, os braços, como se ela fosse ainda infiel... E aí, súbito – daquele desejo de se reservar para o amado, desejo ao qual, ansiosa, se agarrava, e suas mãos levantadas e suplicantes aos poucos se cansavam –, veio o pensamento: fomos infiéis um ao outro antes de nos conhecermos... Era um pensamento que luzia num halo tranquilo e embrionário, não mais que uma sensação; um amargor maravilhoso em sua amenidade, como um sopro extenuado e azedo que impregna o vento a se erguer do mar; era apenas a ideia: nós nos amamos antes de nos conhecermos – como se a infinita tensão de seu amor se espraiasse repentinamente, transcendendo o presente para topar com aquela infidelidade da qual se distanciara em nome da união dos dois, como se agora deixasse de se prender àquele lugar de eterno entremeio.

E deixou-se submergir, sentindo-se entorpecida por um longo tempo, sentada numa cadeira despojada diante de uma mesa despojada. E depois foi com certeza aquele G. que lhe veio à mente, assim como a conversa cheia de palavras veladas que tiveram antes da viagem. E palavras nunca faladas. E depois, em algum momento, veio de uma fenda da janela o ar úmido e suave da noite enevada, que roçou, terno e silencioso, seus ombros desnudos. Então, já remota e doída, como o vento que se abate sobre campos enegrecidos pela chuva, ela se pôs a pensar que ser infiel era uma volúpia doce-chuvosa que circunda a paisagem como a abóboda do céu, uma volúpia que encerra, enigmática, a vida...

Na manhã seguinte, um ar peculiar vindo do passado recobriu tudo.

Claudine pretendia visitar o colégio; seu despertar, de manhã, foi como um emergir de águas claras e pesadas; não lembrava mais nada do que a havia perturbado durante a noite; deslocando o espelho para frente da janela, prendeu o cabelo; no quarto, tudo ainda estava escuro. Mas, penteando-se daquele jeito – olhando penosamente para o pequeno espelho quase cego –, teve a sensação de si como de uma camponesa que se enfeita para o passeio dominical, e sentiu com intensidade que o fazia para os professores que ela ia encontrar ou talvez também para aquele estranho. Daí não conseguiu mais se livrar daquela ideia insensata. Internamente, nem tinha muito a ver com ela, porém a ideia impregnava tudo o que Claudine fazia, e cada movimento seu se contaminava de alguma tola afetação sensual e desajeitada que, emanando da superfície, penetrava, vagarosa e inexoravelmente, as camadas mais profundas. Passado algum tempo, ela baixou os braços; afinal, tudo era irracional demais para evitar que acontecesse o que havia de acontecer de qualquer modo. E enquanto isso persistia, no ressoar que fazia com que os acontecimentos se acompanhassem de uma intangível sensação de "não-faz-isso", de um querer que se fazia acompanhar de um não querer, tudo entrelaçado numa guirlanda mais nebulosa e mais incerta que as decisões reais, e enquanto as mãos de Claudine tocavam os cabelos sedosos, e as mangas de seu vestido matinal escorriam pela pele branca de seus braços, parecia-lhe de novo que tudo, em algum tempo qualquer, havia sido assim – no passado, sempre. E começou a achar esquisito que, agora, acordada no vazio da manhã, suas mãos fizessem aqueles movimentos para cima e para baixo, como se não viessem de sua vontade, mas de alguma potência indiferente e estranha. E então o timbre da noite passou a se avolumar ao seu redor, lembranças emergiam pela metade, para logo declinar, uma tensão se espraiava diante dessas experiências mal esquecidas como uma cortina trêmula. No exterior das janelas, alguma coisa ganhou uma ansiosa claridade. Claudine sentiu, ao fitar aquela luz uniforme, opaca, um movimento que era como um soltar da mão e um lento e sedutor deslizamento, por entre bolhas prateadas e luzentes, em meio a peixes estranhos e de olhos grandes, parados; o dia começava.

Ela pegou uma folha de papel e escreveu palavras para seu marido: "...Tudo é estranho. Sei que será somente por alguns dias, mas me parece que tudo se enredou, e para muito além de mim. Dize-me: o que é o nosso amor? Ajuda-me, preciso ouvi-lo. Sim, eu sei, ele é como uma torre, mas é como se eu sentisse tão somente o frêmito ao redor de uma esguia elevação..."

Quando ela tentou colocar a carta no correio, o funcionário lhe disse que as comunicações estavam interrompidas.

Então saiu mais uma vez do vilarejo. Amplo e branco como um mar, tudo se estendia ao redor da cidadezinha. Ora uma gralha passava, ora um arbusto negro se destacava. Só muito abaixo, na margem, onde havia pontinhos escuros e desconexos, começava novamente a vida.

Ela retornou caminhando, inquieta, por uma hora talvez, pelas ruas da localidade. Adentrou todas as ruelas e, passado algum tempo, percorreu o mesmo trajeto no sentido contrário; logo depois trocou de trajeto – tomando agora uma direção diferente – e cruzou praças, sentindo, enquanto caminhava, os passos que ela própria dera há alguns minutos; o jogo de sombras pálidas na vazia e febril amplitude deslizava por toda a parte naquele vilarejo isolado de toda realidade. Na frente das casas, erguiam-se altas muralhas de neve; o ar era claro e seco; embora ainda nevasse, a neve caía parca em plaquetas chatas, secas e cintilantes, que pareciam anunciar o desfecho da nevasca. Por instantes, as bandeiras envidraçadas das portas, com seu ar cerúleo e vítreo, miraram a rua, e os ruídos embaixo dos seus pés soavam como vidro. Mas às vezes um pedaço de neve congelada caía calha abaixo; por minutos, era como se o ruído houvesse cavado um buraco denteado na mudez circundante. E, de repente, uma das paredes começou a arder rosa claro ou num flavo suave igual um canarinho... Tudo o que fazia surgia-lhe de um modo estranho, com intensidade sobrenatural; no silêncio sem som, tudo o que era visível parecia por instantes repetir-se em outras coisas visíveis, como se uma coisa fosse o eco da outra. Depois, tudo se acomodou novamente ao redor. Lá estavam ainda as casas à sua volta com ruelas insondáveis, como cogumelos no bosque, aninhados uns aos outros, ou como arbustos agachados na planície vasta. E ela se sentia enorme e tonta. Havia nela algo parecido com o fogo, como se fosse um líquido ardente e amargo, e enquanto andava e refletia sentiu-se como um imenso vaso enigmático de finíssimas paredes flamejantes, arrastado pelas ruas.

E então rasgou a carta e foi para uma conversa com os professores do colégio que duraria até meio-dia.

Nas salas, tudo estava calmo; ao olhar para fora – seu olhar atravessando os arcos sombrios e fundos a partir do lugar em que se encontrava –, o exterior lhe pareceu amplo, mudo e apagado na luz acinzentada da neve. Eis que os homens ganhavam um aspecto estranhamente corporal, volumoso e pesado dentro de contornos sublinhados. Ela falava apenas das coisas mais prosaicas e impessoais e também ouvia deles as mesmas coisas, mas, em certos momentos, até isso era quase como uma entrega. Ficava intrigada, pois aqueles homens não a agradavam, em nenhum deles encontrava sequer um detalhe que a atraísse, na verdade cada qual lhe causava repulsa pelos traços que traziam de sua posição inferior na vida. Porém, mesmo assim, sentia o que havia neles de masculino, algo do outro sexo. Sentia-o – na sua própria percepção – com uma nitidez jamais vivida ou, pelo menos, há muito esquecida.

Maria Tomaselli. *O Delírio Sexual*. Gravura em metal, 27 x 39,9 cm, 2017.

Então ela notou: era a expressão do rosto, intensificada pela meia-luz – algo tosco e vulgar, mas por isso mesmo incompreensivelmente potencializado pela feiura – que pairava ao redor desses homens feito o cheiro de animais corpulentos e brutos que vivem em cavernas. E, de grão em grão, começou a reconhecer aquele velho sentimento de desamparo também ali, um desamparo que sentira, sempre de novo e profundamente, desde que se vira solitária na viagem. E então surgiu uma inclinação estranha de seguir e observar em detalhes aquele pendor submisso nos pequenos giros da conversa, na atenção com que era obrigada a escutar e no simples fato de ela estar ali sentada e falando.

Isso tornou Claudine recalcitrante; ela achava que já passara tempo demais ali, sentindo a confusão e a pressão do ar e da meia-luz da sala. Então, veio-lhe pela primeira vez o pensamento – a ela, que jamais se separara do marido – de que talvez já estivesse mergulhando novamente em seu passado.

O que agora sentia não eram mais meras associações vagas, mas algo relacionado a homens reais. Mesmo assim, não tinha medo deles, e sim do fato de que pudesse senti-los, como se algo nela se movesse furtivamente ao ser envolvida nas conversas daqueles seres que a balançavam com suavidade; não era um sentimento específico, mas um fundo qualquer sobre o qual todos eles repousavam – como quando passamos por apartamentos que nos enojam, ainda que consigamos imaginar que outros seres sejam felizes ali e, de repente, tudo isso nos envolve como se fôssemos eles, ao mesmo tempo que sentimos vontade de recuar, estarrecidos que, de todos os lados, o mundo esteja fechado e calmo também ao redor desse centro...

Sob a luz acinzentada, aqueles homens de barbas negras pareciam-lhe figuras gigantescas daquelas sensações encapsuladas em esferas crepusculares. E tentou imaginar como seria sentir isso fechando-se ao seu redor. E enquanto seus pensamentos afundavam-se rapidamente como em um solo macio, informe e esponjoso, ela ouviu apenas uma voz rouca de tabaco, cujas palavras flutuavam na fumaça que roçou seu rosto durante toda a conversa. E havia também uma outra voz, que era clara e alta como um estalido de metal, e ela tentou representar para si o timbre com o qual, estilhaçada pela excitação sexual, deslizaria para o fundo. Depois, alguns movimentos desajeitados arrastaram suas sensações por sinuosidades estranhas, e tentou sentir – Olimpo do ridículo – um daqueles homens da maneira como o enxergaria uma mulher que nele acreditasse... Um estranho, com o qual sua vida nada tinha em comum, se erguia e se arqueava gigante sobre ela, peludo como animal que exala um cheiro narcótico; era como se estivesse apenas em busca de um chicote para açoitar tudo aquilo. Mas notou, inibida por instantes sem entender por que, um jogo de matizes familiares que se parecia com um rosto vagamente semelhante ao seu.

E pensou à parte: "Nós, seres como nós, talvez conseguíssemos viver até mesmo com homens como esses..." Havia ali um atrativo peculiar e torturante, um deleite cerebral extenuante, algo como uma fina parede de vidro contra a qual seus pensamentos se esfregavam dolorosamente, seu olhar se engolfando na incerta nebulosidade do outro lado. Ela se alegrou que, em meio a tudo isso, houvesse fitado aqueles seres com olhos límpidos e insuspeitos. Depois tentou imaginar seu marido, que se tornara estranho quando visto naquela perspectiva. Ela conseguiu pensar nele com muita calma; continuava sendo um homem maravilhoso e incomparável, mas algo imponderável, incaptável pelo entendimento, abandonara-o e ele lhe parecia um tanto pálido e não muito próximo. Às vezes, na iminência da derradeira crise de uma doença, ficamos suspensos nessa pristina lucidez de um ar frio que está livre de toda conexão. Então ela lembrou como era estranho que um jogo similar ao que agora jogava tivesse sido uma experiência real em um de seus passados, e que um tempo houvera em que sentira a presença de seu marido como algo seguro, tal como agora tentava imaginá-lo, e ao mesmo tempo tudo parecia ter um ar imensamente estranho.

Lidamos todos os dias com certas pessoas, atravessamos uma paisagem, uma cidade, uma casa, e essa paisagem ou essas pessoas nos acompanham, cotidianamente, a cada passo, junto a cada pensamento e sem resistência. Mas, de repente, os pensamentos param com um suave solavanco, e ei-los, totalmente incompreensíveis, hirtos e quietos, soltos em uma atmosfera estranha e obstinada. Quando voltamos a olhar para nós mesmos, estão acompanhados por um estranho. E então temos um passado. Mas o que é isso? – perguntava-se Claudine, e por um momento não compreendeu o que poderia ter mudado.

Sabia, também nesse momento, que não havia resposta mais simples a não ser a de que nós, nós mesmos, é que havíamos mudado, porém começou a sentir uma peculiar resistência que a impediu de compreender a eventualidade daquele processo. E talvez vivamos as conexões mais amplas e determinantes apenas por meio de um entendimento peculiar e invertido. Ao mesmo tempo que não compreendia mais sua atual leviandade de ver como estranho um passado que antes a cercara com a mesma proximidade do seu próprio corpo, e que lhe parecia inimaginável que existisse algo diferente do agora, entendeu o que ocorre quando avistamos algo estranho ao longe, e então nos aproximamos, até que, chegando a uma certa distância, aquilo entra no círculo de nossa vida, ao passo que nossa posição anterior se torna estranhamente vazia. Ou bastaria imaginar somente: ontem fiz isso ou aquilo; pois um segundo qualquer é sempre como um abismo diante do qual naufraga algum ser doente, bizarro e cada vez mais pálido, mas isso não nos ocorre – e, de repente, surgiu diante dela, num rápido lampejo, toda a sua vida, dominada por essa interminável infidelidade incompreensível com a qual nos separamos de nós mesmos, ao mesmo tempo que permanecemos iguais para os outros sem saber por que; mesmo assim, ela adivinhava ali uma derradeira ternura, ternura remota e inesgotada da consciência, graças à qual mantemos conosco um elo mais profundo do que com tudo o que fazemos.

E, enquanto reluzia no seu interior a sensação de uma profundidade desvelada, era, de repente, como se aquela segurança, suspensa no alto, não pudesse mais carregá-la ao longo dos círculos que giravam ao seu redor, e ela se dividia em centenas de possibilidades, abrindo-se num leque de diversas vidas, sobrepostas como cenários e bastidores, e os professores emergiam ali no meio como corpos incertos, escuros, num espaço branco, vazio e inquieto, para depois submergirem, procurando, olhando-a e ocupando pesadamente o seu lugar. Sentia um deleite peculiar e triste em estar ali com um sorriso altivo de senhora alheia, com um ar fechado, sentada na frente deles, e sendo, perante si mesma, algo apenas contingente, separada deles apenas por um invólucro de acasos e fatos que a circundavam. E enquanto a conversa, viva e insignificante, saltava de seus lábios, correndo como um fio pulsante e sem vida, um pensamento pouco a pouco começou a confundi-la: no instante em que a esfera vaporosa de um desses seres se fechasse ao seu redor, ela seria de fato aquilo que fizesse, como se aquela realidade fosse alguma coisa sem sentido que ocasionalmente explode através da abertura indiferente de um momento, uma realidade sob a qual fluímos, inalcançados por nós mesmos, num rio de coisas nunca reais, e cujo ruído solitário, terno e remoto ninguém ouve. A segurança com a qual ela se agarrava, com amorosa angústia, àquele único ser parecia-lhe, naquele momento, algo arbitrário, inessencial e meramente superficial, comparado à sensação – quase incompreensível para o entendimento – de um imponderável pertencer e estar-junto ocasionado por essa solidão no interior de uma derradeira intimidade esvaziada de acontecimentos.

E foi esse o atrativo naquele instante em que se lembrou do conselheiro. Compreendeu que ele a desejava e que, junto com ele, se tornaria real o que até ali fora um jogo de possibilidades.

Por um momento, teve um frêmito que a colocou em alerta. A palavra sodomia lhe veio à mente. Será que estou cometendo sodomia...?! Mas por trás disso estava a tentação de seu amor: fazer com que sintas a realidade, eu, eu aqui, debaixo desse animal. O inimaginável. Para que nunca mais possas acreditar em mim de modo sólido e simples. Para que eu me torne intangível e evanescente como um halo, assim que me soltares. Apenas um halo ou, ainda, tu sabes, sou apenas algo dentro de ti, apenas algo através de ti, apenas enquanto me abraças ou, ainda, meu amado, uma coisa qualquer unida a ti de um jeito tão estranho...

E ela foi tomada pela suave e infiel tristeza dos aventureiros, por aquela nostalgia de ações que fazemos não por elas mesmas, mas para cumpri-las. Ela sentia que o conselheiro agora estava em algum lugar e a aguardava. Era como se o horizonte estreito ao redor dela já se enchesse com aquele hálito, e o ar diante de seu rosto absorvesse o cheiro dele. Isso a inquietava, e assim começou a se despedir. Sentia que ia se aproximar dele, e essa imagem lhe tocava o corpo como uma mão gelada, ali onde aquilo ia acontecer. Era como se algo a agarrasse e arrastasse em direção a uma porta, e ela sabia: aquela porta vai se fechar, e ela relutou, escutando e antecipando tudo com seus sentidos eriçados.

Ao cruzar com o homem, ele não estava mais, para ela, no ponto inicial de um encontro, mas na iminência da irrupção. Ela sabia que ele também refletira a seu respeito durante o intervalo, preparando uma estratégia. Ela o ouviu dizer: "Resignei-me com sua rejeição, mas nenhum homem jamais vai admirá-la tão desinteressadamente quanto eu." Claudine não respondeu. Suas palavras vieram lentas, com ênfase. Ela sentia como seria se fizessem efeito. Depois disse: "O senhor sabe que estamos realmente bloqueados pela neve?" Tudo lhe vinha como se já tivesse vivido isso antes. Suas palavras pareciam ficar atravancadas nos rastros das palavras que talvez houvesse pronunciado antes. Ela não prestava atenção ao que fazia, mas à diferença, ao fato de que o que fazia agora era presente e semelhante coisa era passado; algo arbitrário, um sopro próximo e contingente de sentimento que se estendia sobre aquilo. E tinha uma sensação vasta e imóvel de si mesma, e sobre ela flutuavam o passado e o presente como pequenas ondas que se replicavam.

Algum tempo depois, o conselheiro disse repentinamente: "Sinto que algo em você está hesitando. Conheço essa hesitação. Todas as mulheres deparam-se com ela uma vez na vida. Elas estimam seu marido e, com certeza, não querem feri-lo, e por isso se fecham. Mas, no fundo, deveriam libertar-se disso ao menos por instantes, para vivenciar também a grande tempestade." De novo, Claudine calou-se. Ela sentiu o mal-entendido que seu silêncio devia suscitar nele, mas isso lhe era insolitamente agradável. Nesse silêncio, sentia em si mesma algo que não se deixava expressar nem afetar por ações, algo que não sabia se defender, pois repousava numa esfera inferior à das palavras e, para que isso pudesse ser compreendido, devia ser amado tal como amamos a nós mesmos. Calando, ela sentia, de modo mais intenso, que compartilhava aquilo apenas com seu marido. Assim, ocorreu uma união íntima, enquanto ela abandonava a superfície de seu ser àquele estranho que a desfigurava.

Desse modo, eles passeavam e conversavam. E na sensação dela havia um curvar-se para o lado, vertiginoso, como se então sentisse mais profundamente o maravilhoso e incompreensível pertencer ao seu amado. Às vezes lhe parecia que já estava se adaptando ao seu acompanhante, embora para qualquer outro observador ela parecesse ser a mesma, e outras vezes surgiam brincadeiras, ideias e gestos que pareciam pertencer ainda aos primeiros tempos de sua vida de mulher adulta, coisas que ela pensara há muito ter deixado para trás. Logo depois ele disse: a senhora é espirituosa.

Enquanto ele falava daquela maneira, caminhando ao seu lado, ela percebeu suas palavras dirigindo-se a um vazio total que preenchiam com sua própria substância verbal. E ali, naquele espaço, tomavam forma, aos poucos, as casas pelas quais passavam, tudo um pouco diferente e deslocado, como quando algo surge no enquadramento de uma janela. Também a ruela onde estavam parecia, passado algum tempo, um pouco alterada e distorcida, mas ainda assim reconhecível. Ela sentia a força que irradiava daquele homem comum – era como se o mundo se deslocasse imperceptivelmente, colocando-se em sua frente, uma simples força da vivacidade e da vitalidade que dele irradiava e dobrava as coisas na superfície dela. Ela se sentia confusa ao deparar-se com sua própria imagem igualmente refletida nesse mundo fluido de reflexos; sentia que, se cedesse um pouco mais agora, aquela imagem se tornaria repentinamente inteira. E em algum momento ele disse: "Acredita, é somente uma questão de hábito. Se você tivesse conhecido ou casado com outro homem aos dezessete ou dezoito anos – ou algo assim – você teria hoje a mesma dificuldade de se imaginar como a mulher de seu atual marido."

Chegaram diante da igreja e ali ficaram, duas silhuetas solitárias, no meio da ampla praça; Claudine ergueu os olhos, enquanto as gesticulações do conselheiro se espraiavam para além dele no vazio. De um só golpe, sentiu por um instante como se miríades de cristais, encaixados para formar seu corpo, se eriçassem relutantes; uma luz esparramada, perturbada, estilhaçada, subia como um crepúsculo pelo seu corpo, e o homem que conheceu de repente parecia diferente, todas as suas linhas aproximando-se dela, palpitando como seu coração, e sentia todos os movimentos dele transpassar seu próprio corpo. Queria gritar para si mesma quem ele era, mas o sentimento permanecia ali, um lume inconsistente sem leis, boiando de um modo inusitado no seu interior, como se aquilo não lhe pertencesse.

No instante seguinte, havia apenas algo luminoso, nevoento, evanescente ao redor. Ela olhava à sua volta; as casas rodeavam a praça, quietas e aprumadas, o relógio no campanário batia. Rotundos e metálicos, os dobres saltavam das portilhas nas quatro muralhas, soltando-se ao cair e esvoaçando por sobre os telhados. Claudine imaginou que, mais além, rolariam pelos campos e ficou arrepiada: vozes atravessam o mundo, com muitas torres, pesadas como ressoantes cidades de aço, algo que não pertence ao entendimento... um mundo do sentimento independente, incompreensível, que só por acaso se une à razão cotidiana, de modo arbitrário, furtivamente fugaz, como aqueles breus macios e sem fundo que, de vez em quando, atravessam o céu hirto e sem sombras.

Era como se houvesse ao seu redor algo que a fitava. Ela sentia a excitação daquele homem como uma maré numa amplidão esvaziada de sentido, como algo que bate de modo sombrio e solitário. E aos poucos sentia que era algo inteiramente impessoal o que esse homem desejava, aquele ato aparentemente mais intenso; era apenas um olhar, bastante estúpido e obtuso, como pontos que se olham em mútuo estranhamento no espaço que os une em uma figura do acaso.

Embaixo disso ela murchava, aquilo a comprimia como se ela própria fosse um dos pontos. Teve então uma sensação estranha de si, e nada tinha a ver com a espiritualidade e as escolhas de seu ser, porém, ainda assim, era a mesma coisa de sempre. E, de uma só vez, desfez-se em sua consciência que aquele homem à sua frente possuísse um espírito da mais vulgar cotidianidade. Parecia-lhe que se encontrava muito ao longe, ao ar livre e, ao seu redor, os sons pairando no ar e as nuvens no céu, tudo parado, quieto, aninhando-se nos seus lugares e momentos, e ela já não era algo diferente deles, era apenas algo andando à deriva e ecoando... acreditava poder compreender o amor dos animais... e das nuvens e dos ruídos. E sentia os olhos do conselheiro procurar os seus... e estava assustada, com saudades de si mesma, e de repente sentiu suas vestes envolvendo a derradeira ternura que havia mantido em segredo, e debaixo daquilo sentia seu próprio sangue e pensava poder farejar o odor acre e vibrante dele, e ela nada tinha além daquele corpo que teria que devassar e aquele sentimento da alma, o mais espiritual de todos, que estende as saudades para além da realidade e que agora era uma sensação corpórea – uma derradeira alegria – e não sabia: naquele instante seu amor havia se transformado na mais atrevida das ousadias ou já estava empalidecendo, abrindo seus sentidos como janelas curiosas?

Logo depois estava no refeitório. Era noite. Sentiu-se solitária. Do lado oposto, uma senhora conversava com ela: "Hoje à tarde vi sua filhinha esperando por você. É uma menina encantadora, você tem tudo para estar muito feliz com ela." Claudine não havia retornado ao colégio nesse dia, e era-lhe

Raul Cassou. *O Conselheiro*. Gravura em metal, 26,5 x 39 cm, 2017.

impossível responder. De repente, tudo se passou como se estivesse junto daqueles seres com apenas uma parte insensível de si mesma, com os seus cabelos, suas unhas ou mesmo com o seu corpo rígido cercado por uma couraça de chifre. Mas, logo depois, apesar de tudo, deu uma resposta qualquer, embora tivesse a sensação de que tudo o que dizia se emaranhava como coisas jogadas num saco ou enredadas numa teia; suas próprias palavras lhe pareciam estranhas entre os estranhos e, como peixes fluindo entre os corpos úmidos e frios de outros peixes, elas se debatiam no impronunciado labirinto das opiniões.

Um nojo a invadiu. Sentia mais uma vez que não importava o que sabiam dizer de si mesmos, o que conseguiam explicar com palavras, mas que toda a justificativa repousava em algo totalmente diferente – num sorriso, num silenciar, numa escuta interior. E, de repente, sentiu uma imensa saudade do único ser que também era tão solitário, aquele que igualmente ninguém ali compreenderia e que não tinha nada senão uma doce ternura cheia de imagens flutuantes, a qual recolhe, como uma febre nebulosa, o golpe duro das coisas, uma febre que deixa para trás todos os eventos exteriores como algo grande, amortecido e plano, enquanto, por dentro, tudo paira naquele eterno e enigmático equilíbrio que repousa em todas as situações como um estar junto a si mesmo.

À diferença de outras ocasiões parecidas, em que a atmosfera de uma sala cheia de seres como aquela fechava-se como uma única massa quente e pesada, girando ao seu redor, havia ali, por vezes, um sorrateiro parar quieto, como algo que se soltasse e logo engrenasse de volta para seu lugar. E também uma relutância amuada com aqueles seres. Um armário. Uma mesa. Algo ficava em desordem entre ela e aquelas coisas habituais, elas revelavam algo incerto e vacilante. Súbito havia, de novo, aquela feiura, como na viagem, não uma feiura simples, mas sua sensação, como uma mão, atravessava as coisas que queria apanhar. Buracos se abriam diante da sua sensação, como se algo – no instante em que sua derradeira segurança interior pôs-se a fitar a si mesma em sonho – tivesse se soltado em algum lugar onde as coisas se aninhavam nas suas sensações, num encaixe que normalmente não é perceptível; e assim, no lugar do ressoar de um encadeamento de impressões, o mundo ao redor, devido a uma tal interrupção, transformou-se num ruído infinito.

Ela sentiu como isso fazia com que algo tomasse forma em si mesma, como quando caminhamos à beira-mar e sentimos que não poderemos penetrar aquele frêmito que nos rouba toda ação e todo pensamento, mas não o instante presente e, assim, aos poucos, tornamo-nos inseguros, sentimos um lento não-poder-se-limitar-mais, e vem um derramar de si em si mesmo – que deságua num elã de gritar, numa volúpia de movimentos inconcebivelmente exuberantes, para que algo opere no âmago de uma vontade desarraigada a brotar desse prazer sem fim, e tudo para que possamos nos sentir aí; nesse perder-se havia uma força que devastava, sugando, estalando lábios carnudos, barulhentos, cada segundo olhava com pasmo o mundo, olhava com uma solidão selvagem e desconexa, irresponsável e imêmore. E isso lhe arrancava gestos e palavras que retornavam, cruzando-a ao acaso, passeando ao seu lado, mas, mesmo assim, ainda eram ela, e o conselheiro, sentado diante disso, havia de perceber como aquilo o aproximava de algo que trazia oculto dentro de si, o que havia de mais amado no corpo dela, e ela nada mais via além do movimento interminável da barba que subia e descia, como a barba de uma cabra horripilante que mastiga algumas palavras a meia voz, enquanto ele falava, monótono, entorpecedor.

Ela sentia muita pena de si. Ao mesmo tempo, o fato de isso tudo ser possível era como uma dor que pesava e zunia. O conselheiro dizia: "Vejo que tu és uma dessas mulheres cujo destino é serem arrastadas pela tempestade. És orgulhosa e gostaria de disfarçá-lo. Mas acredita em mim: isso não engana alguém que conhece a alma feminina." Era como se ela afundasse, sem parar, passado adentro. Porém, quando olhava ao redor, sentia o acaso nesse mergulho através das épocas da alma que eram como camadas de águas profundas, sedimentadas e sobrepostas: não pelo fato de essas coisas se apresentarem assim, mas porque esse aspecto nelas continua sendo, como se solidamente pertencesse àquele lugar, suas garras firmes e inaturais similares a um sentimento que, embora já esgotado em seu tempo, não quer sair do rosto. E isso era estranho como se, nesse fio do acontecer que suavemente deslizava, um elo súbito se estilhaçasse, saltando da fileira em direção ao largo. Lentamente, todos os rostos e todas as coisas congelaram numa repentina expressão contingente, num ângulo reto que unia e cruzava tudo aquilo em despropositada ordem. E ela só deslizava entre aqueles rostos e aquelas coisas – para baixo –, os sentidos vacilantes espraiados como asas.

Por um momento, apareceu ao longe a grande conexão de sentimentos que percorre como uma trama os anos da existência desnuda e dedicada a si mesma, escalvada e quase sem valor. Pensou: memorizamos uma linha que produz um nexo qualquer, para com isso ter sustentação, e assim nos apoiamos em nós mesmos, erguidos entre as estacas mudas das coisas; eis nossa vida; algo que se parece com um falar incessante, fingindo que cada palavra tem algo a ver com a anterior, exigindo a seguinte, pois tememos que, no momento em que o silêncio as romper, a quietude há de dissolver-nos em alguma vertigem inconcebível. Mas isso é angústia apenas, apenas a fraqueza diante das horrendas mandíbulas escancaradas da contingência de tudo que fazemos…

O conselheiro ainda disse: "É o destino, há homens cujo destino é o de trazer inquietude, é preciso abrir-se para ela, nada nos protege dela…" Mas ela mal o ouvia. No meio tempo, seus pensamentos enveredaram por contrastes singulares e remotos. Queria libertar-se usando uma grande frase, um gesto grandioso e irrefletido, jogando-se aos pés do amado; sentia que ainda o poderia. Contudo, algo a forçou a parar e a recuar diante do que havia de gritante e forçado naquele gesto, a recuar diante daquele ter-de-ser-um-rio para não secar nas areias, diante daquele firme abraçar sua vida para não a perder e até mesmo diante do simples cantar para não emudecer de pronto, desencorajada. Ela não o queria. Algo que falava num tom hesitante e pensativo a cercou. Não gritar como todos aqueles que se negam a sentir a quietude. Tampouco cantar. Somente um sussurro, um aquietar-se… Nada, vazio…

E veio, em meio a isso, aquele lento, mudo, arrastar-se para frente, um inflar, brotar, deslocar e crescer insensivelmente, um dobrar-se sobre a beirada, e o conselheiro dizendo: "Você gosta de teatro? O que eu gosto na arte são as sutilezas do final feliz, que nos consola do cotidiano. A vida decepciona, nos recusa quase sempre o desfecho. Mas não seria isso a mais estéril naturalidade...?"

Ela o ouviu com toda clareza e densidade. Mas ainda havia em algum lugar uma mão estendida, um calor que vinha esparso, tardava, uma consciência: Tu – mas aí ela se soltou e alguma segurança a conduzia... agora eles poderiam ser a derradeira coisa um para o outro, sem palavras, incrédulos, pertencendo juntos como um véu de leveza doce como a morte, como um arabesco para um gosto ainda não descoberto, cada qual uma nota musical que imprimisse seu contorno apenas na alma do outro e em nenhum outro lugar, se a outra alma deixasse de escutar.

O conselheiro se ergueu e a fitou. Ela sentiu que estava em pé diante dele e percebeu, a certa distância, aquele outro homem que era único e amado; talvez ele pensasse algo, ela se deu conta que não podia saber isso – dentro de si cambaleava uma urgência bamba e errática, protegida pela escuridão de seu corpo. Nesse momento, aquele corpo, que abarcava tudo como uma pátria, parecia um impedimento vago. E então sentiu o próprio sentimento, que estava fechado ao seu redor, mais próximo que todo o resto, como uma infidelidade inexorável que a separava do amado, e sentiu, numa experiência nunca antes vivida, experiência que descia, impotente, sobre ela, sua derradeira fidelidade – guardada em seu corpo – que parecia inverter-se no seu contrário: avesso no seu mais íntimo e inquietante fundo.

Talvez naquele momento ela tivesse apenas o desejo de abandonar o corpo ao seu amado, mas o corpo vibrava na profunda incerteza dos valores da alma e a afetava como um desejo por aquele estranho e, vendo a possibilidade de sentir a si mesma através dele, ainda que sofresse no seu corpo o gesto destruidor, ela tremia, angustiada como se por algo que estivesse a se fechar em seu imo, algo obscuro e vazio, algo que enigmaticamente enganava com sensações toda a decisão da alma; em meio a tudo isso, seu corpo a seduzia com acentos agridoces para que fosse arremessado ali, desamparado na desgraça sensual, para que fosse sentido, embaixo de um estranho, rompido como que pelo aço, entregando-o com repulsa e nojo para que fosse tomado por espasmos sem sentido ou volição, para senti-lo aberto ao redor daquele Nada, num gesto de fidelidade sumamente veraz: sentindo aquela coisa vacilante, em toda parte o amorfo e, mesmo assim, sentindo aquela certeza doentia da alma, desenhando-se como a borda de uma ferida onírica que procura, através das dores do querer fechar e cicatrizar, o outro, mas que procura em vão.

Como uma luz por trás do fino rendilhado de veias, essa mórbida saudade de seu amor irrompeu em meio aos seus pensamentos, levantando-se da escuridão dos anos que aguardavam, envolvendo-a pouco a pouco. E aí, em algum momento, ela se ouviu responder, muito ao longe, na luminosidade espraiada e brilhante, respondendo como se tivesse compreendido o que o conselheiro dizia: "Não sei se ele poderia suportá-lo..."

Pela primeira vez, ela assim falava de seu marido. Veio a si, assustada. Isso não parecia pertencer ao que era real, mas já sentia a potência inexorável da palavra que salta para dentro da vida. Com um gesto dominador, o conselheiro disse: "Será que então você o ama?" Ela não deixou de notar o que havia de ridículo naquela certeza ilusória que ele empregou para dar o bote. E disse: "Não, não o amo realmente." Ela tremia, decidida.

De volta ao seu quarto no andar de cima, já quase não compreendia aquilo, mas sentia ainda o fascínio velado, inconcebível de sua mentira. Pensou em seu marido. Por instantes, uma fagulha dele se acendeu, como quando, do meio da rua, olhamos para quartos iluminados. Somente aí percebeu o que estava fazendo. A imagem dele era bela, ela queria estar perto dele para que esse lume irradiasse também sobre si mesma. Mas se enredou de volta em sua mentira... Então, estava de novo do lado de fora, na rua, no escuro. Estava com frio; doía-lhe estar viva, cada coisa que olhava, cada respiração. Conseguia vestir aquele sentimento pelo seu marido como se fosse uma esfera quente e brilhante, e então ficava segura, as coisas não talhavam a noite como quilhas afiadas de navios, todas as coisas eram suavemente acolhidas, amortecidas. Mas ela não queria.

Lembrou-se que, certa vez, havia mentido. Não no passado, pois mentira nunca havia sido – era apenas ela. Porém, mais tarde, uma vez, ainda que fosse verdade o que dizia, quando disse que fora caminhar de tardezinha por duas horas estava mentindo; compreendeu, de repente, que naquela ocasião havia mentido pela primeira vez. Assim como estava sentada na peça, entre homens, ela havia caminhado pelas ruas, perdida, indo para lá e para cá, inquieta como um cãozinho perdido, olhando para dentro das casas; e, em algum lugar, alguém abriu a porta para uma mulher, alguém que estava contente com sua própria amabilidade, seu gesto, feliz com o aspecto de sua acolhida; e, em outro lugar, alguém fazia uma visita acompanhado de sua mulher, irradiando a mais completa honradez, todo esposo e equilíbrio; e, em toda parte, encontravam-se, como se no meio das águas que tudo abrigam, pequenos centros e redemoinhos, com movimentos circulares ao redor e um olhar voltado para dentro e, de repente, em algum lugar, tudo era quase cega indiferença sem janelas e, dentro, tudo era arrastado pelo próprio eco, dentro de um espaço estreito que capta cada palavra e a prolonga até a próxima, para que não seja audível o que não suportaríamos – a lacuna, o abismo que se estende entre os impulsos de duas ações, abismo no qual somos mergulhados para longe da sensação de nós mesmos, deslizando para o interior da mudez que separa duas palavras, um calar que talvez seja igual à mudez entre as palavras de um ser totalmente diverso.

Mas então, no seu íntimo, uma ideia a surpreendeu. Em algum lugar entre esses seres, vive um – um ser desajustado, um outro qualquer. Porém, mesmo assim, seria possível adaptar-se a ele, e dessa forma jamais viríamos a saber algo sobre o eu que somos hoje. Pois sentimentos vivem tão somente no interior de uma longa cadeia de outros sentimentos, que se sustentam mutuamente, e tudo depende apenas da malha fina com que um ponto da vida se liga ao próximo, sem lacuna, e para tanto há cem maneiras diferentes. E aí, pela primeira vez naquele seu amor, ela foi transpassada pelo pensamento: é o acaso. Por algum acaso aquelas coisas se convertem em realidade e, logo depois, nos apoiamos naquilo. E, pela primeira vez, sentiu vagamente a si mesma em sua parte mais remota, na sua raiz, e tinha aquele amorfo sentimento de si em seu amor que destrói tudo o que é incondicional, sentimento também, em outros casos, que a teria tornado o que ela era e que não se distinguia de nenhum outro ser. E tinha então a sensação como se devesse deixar-se afundar, de volta para a correnteza, para o fluido do irrealizado, nunca para o abrigo, e andava pela tristeza das ruas vazias e olhava para dentro das casas e não queria outra companhia além do ruído de seus saltos sobre o pavimento. Ela se ouvia caminhar, reduzida ao ser que somente vive, que está ora à sua frente, ora atrás.

Mas se no passado compreendeu somente a desagregação, o pano de fundo movente das gradações e das sombras de sentimentos não realizados, o fundo infinito em que escorria todo o vigor que vive do mútuo apoio, desnudando tudo que não tivesse valor ou prova ou que fosse incompreensível para o entendimento da própria vida, e se quase chorou, confusa e exausta pela reclusão em que adentrava, agora, ao relembrar tudo isso e ao entender o que havia de união naquela desagregação, atingiu o termo final de seus sofrimentos, naquele tênue lume diáfano e irisante das vulneráveis ilusões que precisamos para viver: aquele existir onírico, sombrio e abafado que se faz apenas através do outro, o insulamento solitário de não poder acordar, aquele amor a deslizar como que entre dois espelhos por trás dos quais sabemos que há o Nada, e ela sabia: aqui nesse quarto, recoberta da máscara de sua falsa confissão, ela esperava no seu íntimo a aventura de um outro ser que estivesse à sua espera, e sentia o poder intensificador que a mentira e o engano exercem no amor – tudo isso saía dela sorrateiramente e entrava numa esfera que o outro não mais alcançava, no espaço das coisas evitadas, no dissolver da solidão, para que fosse verídica e ingressasse no grande vazio que se abre, por um instante, por detrás dos ideais.

E, de repente, ouviu passos furtivos, um ranger na escada, um parar. Frente à sua porta algo parara num leve ranger do piso.

Seus olhos voltaram-se para a porta de entrada. Parecia--lhe estranho que atrás daquelas finas tábuas estivesse um ser. Sentia apenas um toque de indiferença, a contingência daquela porta, que represava, entre as duas extremidades, tensões que não se alcançavam.

Ela já se havia despido. Na cadeira, diante da cama, estavam estendidas suas saias, do jeito que havia deixado cair. Nesse quarto, alugado hoje para uma pessoa, amanhã para outra, o ar se acariciava com o perfume que saía do interior de suas saias. Ela olhava o quarto ao redor. Notou uma fechadura de latão que pendia oblíqua de uma cômoda, seus olhos se demoraram sobre o pequeno tapete diante de sua cama, cujos fios haviam sido puídos por muitos pés. Pensou, de repente, no cheiro que a pele daqueles pés havia exalado, penetrando no tapete, adentrando as almas de seres bizarros, algo familiar e protetor, como o cheiro da casa paterna. Era uma imagem peculiar, dupla e cintilante, ora estranha e repulsiva, ora irresistível, como se fizesse fluir o amor próprio de todos aqueles seres para dentro dela, e nada sobrava de si mesma além de um olhar observador. E aquele homem estava ainda diante da porta e não se mexia, salvo por alguns pequenos ruídos involuntários.

Então ela foi tomada pelo desejo de se jogar no tapete, de beijar os rastros asquerosos daqueles pés e de se excitar com eles como uma cadela que fareja. Porém, isso não era sensualidade, mas apenas algo que uiva como o vento ou que berra como uma criança. Ajoelhou-se de repente no chão, as flores rígidas do tapete enroscando-se maiores e mais inconcebíveis diante dos seus olhos, ela via suas coxas pesadas e femininas que faziam um feio arco sobre o tapete como algo de todo sem sentido, porém mesmo assim tensionado com incompreensível seriedade. Suas mãos miravam-se no chão como dois animais de cinco membros. E, súbito, ela lembrou a lâmpada lá fora, com seus anéis de luz, pavorosos em sua mudez, a andejar pelo teto. E lembrou as paredes, as paredes nuas, o vazio e mais uma vez o homem que estava ali parado, ora se mexendo, ora rangendo feito uma árvore no interior do casco, seu sangue pulsante como galhos folhudos na cabeça, enquanto ela estava lá, deitada sobre seus membros, separada apenas por uma porta e, de algum modo, ainda assim sentindo a plena doçura de seu corpo amadurecido, com aquele resto de alma ainda não perdida, que permanece imóvel, mesmo quando ocorrem ferimentos esfaceladores, parada ao lado da dilacerante mutilação, uma percepção voltada para longe e enclausurada, pesada e incessante, como se estivesse ao lado de um animal abatido.

Depois ela ouviu o homem se afastando com cuidado. E compreendeu, de repente, ainda extirpada de si mesma, que era isso a infidelidade; mais forte apenas que a mentira.

E, lentamente, ergueu-se sobre os joelhos. Fitava o inconcebível que agora já poderia ter acontecido, e tremia, como quando nos livramos de um perigo, não graças à nossa própria ação ou iniciativa, mas graças tão somente ao acaso. E buscou imaginar como seria isso. Via seu corpo deitado debaixo do estranho, com a nitidez de uma imagem que se espraia por cada detalhe ao modo da água que adentra cada veio, e sentia que empalidecia, sentia a vermelhidão das palavras de entrega e os olhos daquele homem que a segurava e que a montava, ela de pernas abertas, olhos eriçados como asas de aves rapineiras. E pensava sem cessar: é isso, é a infidelidade. E então lhe veio à mente que, quando retornasse para ele depois, ele haveria de dizer: não posso te sentir por dentro, e a resposta dela seria apenas um sorriso indefeso: acredita, isso não foi contra nós. Mesmo assim ela sentiu, naquele instante seus joelhos fazendo pressão sobre o chão. Era como se fosse uma coisa. Sentia-se inacessível, cheia de uma dolorosa fragilidade, num desamparo que a privava das possibilidades mais íntimas dos seres, desamparo incapaz de sustentar sequer uma palavra, uma resposta, impotente para religar aquilo tudo aos entrelaçamentos da vida. O pensamento já não a ocupava, não concebia se estava a fazer algo ruim, tudo a rodeava como uma dor estranha e solitária. Dor que era como o espaço, espaço dissolvido que pairava, mas que, ainda assim, trazia algum nexo que se elevava suavemente. Debaixo daquela dor aos poucos ia restando uma luz forte, nítida e indiferente na qual ela via tudo o que estava fazendo, aquela expressão de sujeição que lhe havia sido arrancada, aquela vasta e ilusória elevação e entrega de sua alma... tudo afundado, pequeno e frio, perdido agora o nexo, longe, debaixo dela...

E, passado um longo tempo, era de novo como se dedos apalpassem com cuidado a maçaneta, e ela sabia que o estranho estava à escuta à sua porta. Algo girou vertiginosamente dentro dela para rastejar até a porta e abrir o trinco.

Mas permaneceu no meio da peça, deitada no chão. Algo ainda a retinha, um sentimento feio de si mesma, um sentimento como que muito antigo e, como um açoite, o pensamento espicaçou-lhe os tendões: talvez fosse só uma recaída no passado. E ergueu as mãos de súbito: Ajuda-me, tu, ajuda-me! E ela sentia isso como a verdade, embora tudo fosse similar apenas a um pensamento que a afagava com doçura: aproximamo-nos um do outro, cruzando como que enigmas, espaços e anos, e agora te penetro por caminhos dolorosos.

E então veio a quietude, a vastidão. O irromper das forças dolorosamente represadas, depois de se terem rompido as paredes. Como um espelho d'água plácido e cintilante, toda sua vida, todo o passado e futuro, estavam no mesmo plano daquele momento. Há coisas que nunca podemos fazer, não sabemos por que... talvez sejam as mais importantes. Sabemos que são as mais importantes. Sabemos que sobre a vida há um terrível pesar, uma rigidez dura como dedos expostos à geada. E, às vezes, isso se dissolve, às vezes o gelo derrete nas pradarias, e ficamos pensativos, tornamo-nos um breu luminoso que se espraia rumo à vastidão. A vida, rígida como osso, a decisiva vida se rearticula para além, laço após laço, mas nós, nós não agimos.

De repente, ela se levantou de uma vez e a ideia de fazer aquilo a impelia silente para diante; suas mãos abriram o trinco. No entanto, tudo ficou quieto, ninguém bateu. Ela abriu a porta, olhou para fora; ninguém – as paredes vazias sob a exausta luz da lâmpada apenas miravam ao redor o espaço vazio. Talvez não tivesse escutado o homem partir.

Deitou. Acusações atravessaram sua mente. Já cercada pelos beirais do sono, ela sentiu, estou te ferindo, mas tinha a sensação estranha, tudo o que faço, é por ti que faço. Quando já estamos dentro do oblívio do sono, abrimos mão do quanto nos é possível, para assim estreitar à nossa volta, com mais firmeza, o que ninguém consegue tocar. E apenas uma vez, por um instante, quando era lançada inteiramente desperta sobre a superfície, pensou: esse homem vai nos vencer. Mas o que significa vencer? E, de novo, seu pensamento escorregou sonolento por aquela pergunta. Sentia sua má consciência como uma derradeira ternura que a seguia. Um egoísmo imenso e sombrio que acompanha o mundo estendia-se sobre ela como sobre alguém que deve morrer. E via, por trás de seus olhos fechados, arbustos, nuvens e pássaros, e se mantinha encolhida entre eles, por mais que tudo parecesse estar ali apenas para ela. E veio o momento do fechar-se no qual tudo o que fosse estranho era excluído. E, num quase sonho, cumpriu-se a perfeição: um amor imenso que a continha na máxima pureza. Um frêmito em que se dissolveram todas as aparentes tensões.

O conselheiro não voltou. Assim, ela dormiu tranquila, a porta aberta, como uma árvore no campo.

Na manhã seguinte, começou um dia brando e enigmático. Ela despertou como que protegida por cortinas claras que filtram e retêm no exterior tudo quanto há de real na luz. Ela foi passear, o conselheiro a acompanhou. Havia nela algo que oscilava, como uma embriaguez de luz azul e neve branca.

Chegaram ao limite do vilarejo e voltaram o olhar para além – a superfície branca tinha algo de radiante e solene.

Estavam perto de uma cerca que bloqueava uma pequena senda ligando os campos. Uma camponesa jogava grãos para as galinhas, uma mancha de musgo amarela brilhava claríssima contra o céu. "Você acha...", perguntou Claudine sem terminar a frase, voltando o olhar para a rua e depois para o ar que trazia uma luminosidade azul. E disse um pouco depois: "...quanto tempo faz que essa grinalda está pendurada ali? Será que o ar a sente? Como será que ele vive?" Não disse mais nada e não sabia por que havia dito aquilo. O conselheiro sorria. Tinha aquela sensação como se tudo diante dela houvesse sido gravado em metal e agora trepidasse ainda sob a pressão dos estiletes. Ela estava ao lado daquele homem. E, enquanto sentia que ele a olhava, observando alguma coisa qualquer, algo dentro dela se recompôs, espraiando-se como um campo ao lado de outro campo que um pássaro abarca com o olhar das alturas.

Essa vida azul e obscura, com uma pequena mancha amarela... O que ela quer? Esses ruídos atraindo as galinhas, o leve chocalhar dos grãos que são atravessados como que por um toque de sino que anuncia o avanço da hora... para quem isso fala? Essa mudez que adentra, devoradora, as profundezas, e que surge apenas de vez em quando, de dentro da fenda estreita de alguns poucos segundos, irrompendo sobre alguém que passa, mas que, de resto, é mudez que permanece morta... O que ela traz? Ela olhava aquilo com olhos calados e sentia as coisas sem pensá-las, e era apenas como mãos que às vezes repousam sobre a testa, quando nada mais é possível dizer.

Depois ouviu tudo apenas com um sorriso. O conselheiro achava que as malhas de sua trama se estendiam ao redor dela com mais firmeza – e ela o deixou proceder. Enquanto ele falava, ela apenas tinha aquela sensação de quando andamos entre casas onde as pessoas estão conversando. Nos encaixes de sua reflexão se introduziam ainda, de vez em quando, outras coisas que arrastavam seus pensamentos para lá e para cá. Ela o seguia de bom grado. Depois, por algum tempo, reemergia para dentro de si mesma, crepuscular, afundando, e era apenas um suave fluir que cativava e entrelaçava tudo.

No meio de tudo isso, sentia, como se fosse seu próprio sentimento, o quanto aquele homem era cheio de amor próprio. A ideia da ternura que ele sentia por si mesmo excitava de leve a sensualidade dela. Pairava sobre tais coisas uma quietude, como quando entramos numa esfera em que reinam decisões mudas e alheias. Sentia que estava sendo arrastada pelo conselheiro e sentiu-se ceder, mas não importava. Apenas havia em si algo semelhante a um pássaro cantando num galho.

Comeu algo leve no jantar e foi se deitar cedo. Tudo já estava um tanto morto para ela, a sensualidade desaparecera. Mesmo assim acordou, após dormir um pouco. E sabia: ele está lá, no andar de baixo, sentado, esperando. Ela pegou suas roupas e vestiu-se. Levantou e vestiu-se, nada mais. Nenhum sentimento, nenhum pensamento, apenas uma longínqua consciência de que algo estava errado, e talvez, além disso, tenha tido a sensação, quando terminara de se vestir, de estar nua, sem nenhuma proteção. Assim ela desceu. O quarto estava vazio, mesas e cadeiras tinham um ar hirto de uma vigília noturna. O conselheiro estava sentado num canto.

Marcos Sanches. *Claudine*. Gravura em metal, 36 x 27 cm, 2017.

Talvez ela tenha dito algo na conversa: sinto-me sozinha lá em cima. Sabia de que modo equívoco ele iria entender aquilo. Depois de algum tempo, ele tocou sua mão. Ela se levantou. Hesitou. Depois saiu às pressas. Sentiu que fazia isso como uma mulherzinha boba e isso lhe causava certo charme. Na escada, ouviu passos que a seguiam, as escadas gemiam, pensou de repente algo muito remoto, muito abstrato e, nisso, seu corpo estremeceu como um animal perseguido na floresta.

Depois, quando já estava sentado com ela no quarto, o conselheiro perguntou casualmente: "Tu me amas, não é? Não sou artista, nem filósofo, mas sou um homem completo, acho que sou um homem por inteiro." E ela respondeu: "O que é isso, um homem por inteiro?", "Perguntas estranhas as suas", retrucou o conselheiro, mas ela disse: "Não foi isso. Eu quis dizer: como é estranho que gostemos de alguém apenas por gostar: os olhos, a língua, não as palavras, mas o som..."

Então o conselheiro a beijou: "É assim que tu me amas, então?"

E Claudine ainda encontrou energia para retrucar: "Não, eu amo estar perto de você, o simples fato, o acaso de estar com você. Poderíamos estar com os esquimós, vestidos de calças de pele. E ter seios caídos. E achar isso bonito. Pois não haveria de existir seres totalmente diferentes?"

Mas o conselheiro disse: "Estás equivocada. Tu me amas. Só não consegues te dar conta disso, e esse, precisamente, é o sinal da verdadeira paixão."

Inesperadamente, algo nela hesitou, quando sentiu que ele se deitava sobre ela. Mas ele pediu: "Ah, não digas nada."

E Claudine calou-se. Ela falou apenas mais uma vez. Quando ambos tiravam as roupas, começou a falar, palavras sem rumo nem propósito, talvez sem valor, pois tudo era como um doloroso afago: "...é como se passássemos por uma passagem estreita. Animais, homens, flores, tudo é modificado. Nós mesmos somos modificados por completo. Perguntamos: se eu tivesse vivido aqui desde o princípio, como pensaria isso, como sentiria aquilo? É estranho que transpor somente uma certa linha baste. Gostaria de beijá-lo e depois recuar rapidamente e observar. E depois passar de novo para o seu lado. E cada vez, ao transpor essa fronteira, haveria de sentir tudo de modo mais nítido. Ficaria cada vez mais pálida. Os homens morreriam – não – encolheriam e as árvores e os animais também. E, finalmente, tudo seria nada além de uma fina fumaça... E depois apenas uma melodia... que flutua pelo ar... e por cima de um vazio..."

E mais uma vez ela falou: "Por favor, vá embora" – disse – "estou com nojo".

Mas ele apenas sorria. Aí ela disse: "Por favor, vai-te embora". E ele suspirou contente: "Finalmente, finalmente, minha querida, minha pequena sonhadora, disseste: Tu!"

E depois ela sentiu, com um arrepio, como seu corpo enchia-se de volúpia, apesar de tudo. Mas era como se pensasse em algo que havia sentido certa vez na primavera: esse poder estar aí para todos e mesmo assim como se fosse para um só. E muito ao longe, como quando crianças dizem que Deus é grande, ela teve uma ideia de seu próprio amor.

atentaçãoda quietaverônica

Em algum lugar, temos que ouvir duas vozes. Talvez elas estejam apenas pousadas, mudas, nas folhas de um diário, lado a lado, uma dentro da outra, a voz grave, profunda, da mulher que, súbito, num salto, coloca-se ao redor de si mesma, e assim como páginas de um livro dão forma a tudo, sua voz é circundada pela voz suave, ampla, alongada do homem, por aquela voz ramificada, que ficou ali pousada, inacabada, voz de cujo interior algo espia, algo que ela ainda não teve tempo de ocultar. Talvez não seja nem isso. Mas talvez, em algum lugar no mundo, exista um ponto onde essas duas vozes – que, em outros lugares, pouco se destacam da fosca confusão dos ruídos cotidianos – se chocam como dois relâmpagos que num lugar qualquer se entrelaçam, talvez devêssemos ir em busca daquele ponto, cuja proximidade é perceptível apenas pela inquietude, similar ao movimento de uma música que, ainda inaudível, já está estampada, com pesadas plissagens obscuras, na cortina intacta do espaço longínquo. Essas peças talvez pudessem agora saltar uma sobre a outra, escapando de sua doença e fraqueza, para aterrissar além, na clareza, na firmeza da luz do dia e das coisas erguidas.

"Giros espasmódicos." E, mais tarde, nos dias da decisão terrível entre a fantasia alargada, com seus tácitos contornos de finíssimo fio, e a realidade habitual, nos dias de seu derradeiro e atormentado esforço para arrastar rumo à realidade o inconcebível, depois do livre abandonar-se, do se lançar à vida como se a um monte de plumas cálidas, ele arremessou sua fala em direção àquelas coisas todas, como se fossem humanas. Naqueles dias, falava consigo a todo instante e falava alto, pois tinha medo. Algo havia se afundado dentro dele e se depositado daquele modo inexoravelmente incompreensível com que, súbito, a dor se adensa em algum lugar do corpo, convertendo-se num tecido inflamado que cresce à semelhança de algo real e se torna uma doença que, com o sorriso suave e ambíguo das torturas, passa a dominar o corpo.

"Giros espasmódicos", implorava Johannes, "se eles pudessem estar também fora de mim!" E: "se apenas tivesses vestes em cujas dobras eu pudesse me agarrar. Para que pudesse falar contigo. Para que pudesse dizer: tu és Deus, falando de ti com uma pedrinha debaixo da língua, em nome de uma realidade maior! Se pudesse dizer: às tuas mãos me entrego, tu me ajudarás, tu observarás para mim qualquer coisa que eu venha a fazer. Alguma coisa em mim se mantém imóvel e serena em seu centro, e essa coisa és tu."

Mas ele estava apenas com a boca no pó e com um coração tateante de criança. E sabia apenas que precisava daquilo porque era covarde – ele sabia. Apesar de tudo, isso ocorreu para que a sua força fosse tirada da sua fraqueza, uma força que ele pressentia e que o atraía do jeito como só as coisas da juventude atraem, a cabeça poderosa de uma potência vaga e ainda desprovida de feições, e então sentimos que poderíamos, colocando-a sobre os ombros, pôr-nos debaixo e crescer por dentro dela até penetrá-la com o próprio rosto.

E, certa vez, disse a Verônica: é Deus; ele era medroso e piedoso, isso havia se passado há muito tempo e foi sua primeira tentativa de apreender aquela coisa indefinível que ambos sentiam. Deslizavam pela casa escura, passando ao lado um do outro; para cima, para baixo, um passando pelo outro. Mas assim que o explicitava, isso se fazia um conceito sem valor e já não dizia nada do que queria dizer.

O que ele queria dizer era talvez apenas algo semelhante àqueles desenhos que às vezes se formam na rocha. Ninguém sabe onde aquilo vive, o que indica e como seria em sua plena realidade – nos muros, nas nuvens, nos redemoinhos d'água. O que ele queria dizer era talvez apenas o que há de inconcebível em algo ainda ausente, como as raras expressões nos rostos que nada têm a ver com esses rostos, mas com outros quaisquer, que repentinamente adivinhamos para além de tudo que vimos; eram pequenas melodias em meio aos sons, sentimentos no interior de homens, e ele trazia até mesmo sentimentos que, quando procurados por suas palavras, ainda não eram sentimentos, mas algo que tivesse se alongado no seu interior, que já mergulhava usando as extremidades, molhando-se: seu medo, sua quietude, sua mudez, alongavam-se como as coisas às vezes se alongam, em dias claros de primavera como a febre, quando suas sombras rastejam para além de si mesmas e param quietas, esticando seu movimento numa direção, como as imagens espelhadas num riacho.

E disse muitas vezes para Verônica que realmente não era medo ou fraqueza o que ele tinha, mas algo como uma angústia que às vezes não é nada além do marulhar em torno de uma experiência jamais vista e ainda não revisada. Ou como às vezes sabemos, com bastante segurança e de modo totalmente incompreensível, que a angústia possui algo de uma mulher ou que a fraqueza será como estar de manhã numa casa de campo cercada pelo chilrear de pássaros. Ele estava naquela disposição esquisita que fazia surgir imagens embrionárias como as que se lhe opunham, inexpressáveis.

Uma vez, no entanto, Verônica olhou-o com seus grandes olhos quietos e reticentes – eles estavam sentados totalmente sozinhos em uma das amplas salas semiescuras – e perguntou: "Então, também tens dentro de ti algo que não podes sentir e compreender claramente, só que chamas isso pelo nome de Deus, algo que vês como alguma coisa que te é exterior e que se concebe como realidade, assim, como se eu te pegasse pela mão? E talvez seja isso o que nunca quiseste chamar de covardia ou frouxidão; algo concebido como uma forma que é capaz de te acolher debaixo das dobras de suas vestes? E usas palavras como Deus apenas para te referir a algumas direções, sem que haja a coisa direcionada, como para movimentos que não possuem, digamos, uma coisa que é movida, para visões dentro de ti que nunca se elevam até o patamar da vida efetiva, pois nas suas vestes escuras oriundas de um outro mundo eles andam com a segurança de estranhos vindos de um país grande e bem ordenado, como seres vivos? Dize-me, será porque são como vivos e porque tu queres sentir isso a todo custo como algo efetivo?"

"São coisas", opinou ele, "atrás do horizonte da consciência, coisas que deslizam, visíveis, por trás do horizonte de nossa consciência; ou são, na verdade, apenas um horizonte esticado de modo estranho e insondável, um horizonte talvez possível e novo da consciência, subitamente assinalado e onde ainda não há coisas colocadas." E já então pensava: seriam ideais e não perturbações da saúde ou sinais de alguma patologia da alma, mas antevisões de um todo, que chega de algum lugar precocemente, e se fosse possível juntá-los corretamente haveria ali algo que, num único estilhaço, se ergueria integralmente das mais tênues ramificações dos pensamentos até o limite externo nas copas das árvores, e seria, no mais ínfimo dos gestos, como o vento nas velas. E ele levantou num salto e fez um amplo gesto de um desejo quase físico.

Ela ficou sem responder por muito tempo e depois disse: "Também dentro de mim há algo... vê: Demeter...", e empacou e depois foi a primeira vez que eles falaram de Demeter.

No início, Johannes não entendeu por que isso havia acontecido. Ela disse que estivera certa vez junto à janela que abria por sobre um galinheiro e estava observando um galo, observando sem pensar em mais nada, e foi somente aos poucos que Johannes compreendeu que ela falava do galinheiro da casa deles. Depois veio Demeter e se pôs ao lado dela. E ela começou a notar que, apesar disso, estivera pensando sobre alguma coisa o tempo todo, só que tudo ocorria num limiar obscuro, e somente agora ela começava a compreender. E a proximidade de Demeter, disse – ele ia ter de entender que ela estava começando a distinguir tudo aquilo profundamente no escuro –, a proximidade de Demeter lhe ajudava, ao mesmo tempo que a comprimia. E, passado um momento, entendeu que era no galo que ela havia pensado. Mas talvez não tivesse pensado em nada e, desde sempre, apenas observado, e o que havia observado ficara depositado nela como um corpo estranho e duro, pois não havia pensamento que o dissolvesse. E isso pareceu lembrá-la de algo vago, algo que ela também não conseguia recobrar. E quanto mais Demeter ficava ao seu lado, mais nítida e estranhamente ansiosa ela passava a sentir em seu interior o contorno vazio e presente daquela imagem. E Verônica olhou Johannes inquisitivamente, buscando ver se ele a compreendia. "Foi sempre esse deslizar do animal, inominável em sua indiferença", disse ela. O que viu à sua frente, ainda hoje via e do mesmo modo, como algo que apenas acontece, sem que se possa entender: esse deslizar inominável em sua indiferença. E, súbito, ficar livre de toda excitação, ficando ali por certo tempo, como que tonto, anestesiado, com pensamentos distantes em algum lugar, sob uma luz tépida e pútrida. Depois ela pensou: "Às vezes, naquelas tardes mortas, quando a tia ia passear, aquilo se expandia sobre a vida do mesmíssimo modo. Eu pensava poder senti-lo e parecia-me que a imagem daquela luz maligna estava irradiando do meu estômago."

Houve uma pausa. Verônica engoliu em busca de palavras.

Porém, retornou ao mesmo tema: "Depois, eu avistava sempre ao longe a mesma onda refluindo, de novo e sempre", acrescentou, "eu sempre via vindo, já de longe, uma onda assim, sempre de novo", e acrescentou, "que vinha por cima dele, lançando-o para cima e depois o largando."

Raul Cassou. *Vista do Galinheiro*. Gravura em metal, 27 x 39 cm, 2017.

E, de novo, uma mudez surgia.

Mas, de repente, suas palavras passaram furtivas, como se tivessem de esconder-se, enigmáticas, num espaço amplo e escuro, agachando-se, baixinhas, junto ao rosto de Johannes. "...E, em certo momento, Demeter agarrou minha cabeça, empurrando-a para baixo em direção ao peito, sem dizer nada, e a empurrava firme para baixo", Verônica sussurrava; e, novamente, surgia aquela mudez.

Mas para Johannes era como se tivesse sido tocado no escuro por uma mão sorrateira, e ele tremou quando Verônica retomou: "Não sei como deveria chamar o que me aconteceu naquele instante, supus então que Demeter fosse como aquele galo, vivendo num vazio terrível e vasto, do qual subitamente saltaria." Johannes sentia que ela o estava olhando. Causava-lhe dor ouvi-la falar de Demeter e dizer coisas que ele sentia dizer-lhe vagamente respeito. Veio-lhe uma suspeita, inconcebivelmente angustiante, de que Verônica queria que ele desejasse agir, deslocando o que nele era abstrato e tangenciava Deus e as imagens do eu que estavam tencionadas na indeterminação sem vontade das noites insones como molduras vazias do sentimento. E parecia-lhe, sem que disso ele pudesse se defender, que a voz dela ganhava um timbre cruel, misericordioso e voluptuoso, quando retomou: "Então gritei: Johannes jamais faria algo assim! Mas Demeter disse apenas: Que nada, Johannes! E colocou as mãos nos bolsos. E então – lembras? – quando, mais tarde, nos visitaste de novo, lembras como Demeter te pediu satisfação? 'Verônica diz que tu eras melhor do que eu', ele te ridicularizou, 'mas tu és um covarde!' E naquela época tu não estavas disposto a ouvir aquilo e retrucaste: 'Isto eu quero ver.' E então ele te soqueou no rosto. E então tu querias reagir – não foi assim? – mas quando viste a expressão ameaçadora, quando sentiste que a dor aumentava, ficaste de repente com um medo terrível dele, ah sim, eu sei muito bem, quase uma angústia submissa, amável, e então abriste um sorriso, não foi?: não sabias por que, mas sorrias e sorrias, o rosto ligeiramente contorcido, isso eu vi bem, havia em ti uma timidez por baixo dos teus olhos cheios de ira, mas ainda assim havia neles uma doçura, uma segurança que te invadiam de tal modo que tudo isso atenuou a humilhação e te pôs em prumo... Então me disseste que querias ser padre ...Aí compreendi: não é Demeter o animal, mas tu..."

Johannes levantou-se de sobressalto. Ele não entendia: "Como podes dizer uma coisa dessas?" e gritou "em que estás pensando?!"

Contudo, decepcionada, Verônica se defendeu: "Por que não te tornaste padre?! Um padre tem algo de animal! Possui aquele vazio, enquanto os outros possuem a si mesmos. Aquela placidez que já está no odor da vestimenta. Aquela placidez vazia que sustenta todos os acontecimentos acumulados dentro de um instante, como uma peneira que logo em seguida se esvazia. Deveríamos saber fazer algo com essa placidez. Eu fiquei muito feliz ao reconhecer isso..."

Ele percebeu então que sua voz estava se excedendo e que devia se calar e notou que havia se perdido de si mesmo ao se pôr a pensar sobre a colocação dela, e sentiu-se quente e inchado de tanto esforço que fez para evitar que suas imaginações se misturassem às dela, as quais, em algum lugar brumoso, se assemelhavam às dele, porém ao mesmo tempo eram muito mais reais e apertadas, como uma alcova ocupada por um casal.

...Quando ficaram mais calmos, Verônica disse: "Isso é algo que creio não compreender inteiramente, algo que deveríamos procurar juntos." Ela abriu a porta e olhou escada abaixo. Veio-lhes a sensação de que ambos estariam se certificando de que estavam sozinhos, e a casa, vazia e escura, de repente virou-se do avesso por sobre eles, na forma de uma grande cúpula. Verônica disse: "O que falei não é isso aí... Eu mesma não conheço isso... Mas dize-me, então, o que se passou dentro de ti, dize-me o que é isso, essa coisa de uma angústia que é sorridente e doce...?! Tu me parecias totalmente impessoal, despido até daquela suavidade nua e quente, de quando Demeter te bateu."

Mas Johannes não soube responder. Muitas possibilidades passaram pela sua cabeça. Tudo se passou como se ouvisse conversas que vinham de uma sala vizinha e compreendesse, pelo sentido dos fragmentos desconexos, que era dele que falavam. Em certo momento perguntou: "Falaste disto também com Demeter?", "Mas foi muito depois", respondeu Verônica e, hesitante, disse: "Foi uma única vez", e completou depois de um instante: "Há alguns dias. Não sei o que me impeliu." Johannes sentiu... algo surdo... algo no fundo de sua consciência, longínquo, um pânico: assim devia ser o ciúme.

E só depois de decorrido algum tempo, ouviu de novo o que Verônica falou. Compreendeu quando ela disse: "...isso me atingiu de um modo tão bizarro, eu entendi a pessoa tão bem". E ele, mecanicamente, perguntou: "A pessoa?", "Sim, a camponesa lá de cima", "Ah, sim, a camponesa", "Os rapazes nos vilarejos falam dela", repetiu Verônica, "será que até tu terias esse tipo de pensamento? Ela nunca mais teve um amante, apenas seus dois cães imensos. E pode ser pavoroso o que eles dizem, mas imagina só isto: imagina os dois grandes bichos, às vezes erguidos, com mandíbulas brancas, insinuantes, dominadores, e imagina que és parecido com eles, e de alguma forma tu és, que tivesses medo do pelo deles, assegurado apenas por um pequeno ponto dentro de ti, mas tu sabes que, no instante seguinte, basta um gesto e não te amedrontam mais, e ficam ali, agachados, dóceis, animais – e não são apenas animais, és tu e é uma solidão, tu e mais uma vez tu, tu e um quarto vazio de cabelos, animal nenhum deseja isso, deseja apenas algo que não posso dizer e, mesmo assim, não entendo por que entendo isso tão perfeitamente."

No entanto, Johannes implorou: "O que estás dizendo é um pecado, é uma obscenidade."

Mas Verônica não desistiu: "Querias ser padre, por quê?! E eu pensava... pensava que daquele jeito, para mim, tu não serias um homem. Escuta isso... escuta: uma vez Demeter me disse, sem mais nem menos: 'Aquele ali não vai casar contigo e nem aquele lá; vais ficar aí e envelhecerás como nossa tia...' Então tu não entendes que isso me deu medo? E não sentes o mesmo? Jamais teria pensado que nossa tia fosse um ser humano. Ela nunca me pareceu nem mulher nem homem. E agora, de repente, fiquei assustada porque está aí algo que também eu poderia vir a me tornar, e senti que algo devia acontecer. E, de repente, me pareceu que ela ficara sem envelhecer por muito tempo e então, num salto, havia ficado velhíssima para depois ficar sempre igual. E Demeter disse: 'Podemos fazer o que quisermos. Temos pouco dinheiro, mas somos a família mais antiga da província. Nossa vida transcorreu de modo diferente, Johannes não foi para o ministério e eu não fui para o exército, e ele nem mesmo virou padre. Todos nos olham um pouco de cima porque não somos ricos, mas não precisamos nem do dinheiro nem deles.' E, talvez porque eu ainda estivesse assustada por causa da minha tia, aquilo me atingiu repentinamente de modo bastante enigmático – de um modo obscuro como uma porta que range de leve – e, ao ouvir as palavras de Demeter, de certo modo me veio aquela sensação da nossa casa, mas aí não se sabe mais como tudo aquilo era sentido, o jardim, a casa... Oh, o jardim... no meio do verão vinha-me às vezes o pensamento: assim deve ser quando alguém, desconsolado e langoroso, se deita na neve sem ter contato com o solo, pairando entre o calor e o frio, ele teria gostado de se levantar rápido, mas tudo se afrouxava numa doce flutuação. Quando pensas nele, não sentes essa permanente beleza vazia, com certeza uma luz, uma luz em surdo excesso, luz que sem palavras tudo transforma, que insensatamente acaricia a pele, um gemer e moer nas cascas e um interminável leve sussurrar de folhas...? Não te parece que é como se a beleza da vida que termina aqui nesse jardim fosse algo plano, o infinito horizontal, que nos cerca e isola como um mar onde afundaríamos tão logo nele tentássemos pisar...?"

E agora Verônica já estava de pé diante de Johannes; e os dedos de suas mãos, irradiando em alguma luz perdida, pareciam ansiosamente querer tirar as palavras da escuridão.

"E então percebo muitas vezes nossa casa", suas palavras iam apalpando, "sua escuridão, com escadas que rangem e janelas que gemem, com ângulos e armários que se erguem e, às vezes, uma luz passando por uma das janelinhas altas, como se sumisse devagar, balde que se derrama lentamente, e certo medo como se alguém estivesse postado ali com uma lanterna. E Demeter disse: 'Não é do meu gênero desperdiçar palavras, isso Johannes faz melhor, mas te asseguro que, de vez em quando, há algo que se ergue em mim de um modo insensato, um balançar como que de uma árvore, um som pavoroso, de todo desumano, como que de um chocalho de criança, uma matraca de Páscoa... preciso apenas me curvar e me sinto como um bicho... teria gostado às vezes de pintar meu rosto...' Parecia-me como se nossa casa fosse um mundo, onde estivéssemos a sós, um mundo turvo, onde tudo se contorce e se torna bizarro como debaixo d'água, e quase me parecia natural que devesse ceder ao desejo de Demeter. Ele disse: 'Fica entre nós, pois isso quase não existe realmente, pois ninguém sabe disso, não tem relação com o mundo real, para alcançar o exterior...' Não deves pensar, Johannes, que eu tivesse sentido qualquer coisa por ele. Ele apenas se exibia na minha frente como uma boca imensa armada de dentes que podiam me devorar, como homem ele me parecia tão estranho quanto todos os outros, mas havia um fluir para dentro dele, um fluir que de repente representei para mim e, entre seus lábios, um refluxo de gotas, como se estivesse sendo sugado e deglutido por um animal que bebe, assim mesmo, com obtusa indiferença... Às vezes, queremos viver acontecimentos, se somente pudéssemos realizá-los como ações, sem ninguém mais e sem nada. Mas ali me lembrei de ti e eu não sabia nada que fosse determinado, mas recusei Demeter... deve haver o teu jeito para a mesma coisa, um bom..."

Johannes gaguejou: "O que queres dizer?"

Ela disse: "Tenho uma noção imprecisa sobre o que poderíamos ser um para o outro. Sim, temos medo um do outro, e tu mesmo és duro e rijo quando falas, como uma pedra me golpeando: imagino, porém, uma maneira de nos transfundirmos inteiramente no que somos um para o outro, e ainda mais sem permanecermos como seres alheios que observam e escutam... Não sei explicar, o que às vezes chamas de Deus é assim..."

Depois disse coisas que para Johannes continuavam sendo totalmente imprecisas: "Aquele que deverias nomear não está em lugar nenhum, porquanto está em tudo. Ele é uma mulher gorda e furiosa que me força a lhe beijar os seios e, ao mesmo tempo, ele sou eu, aquela mesma pessoa que às vezes se estira no chão na frente do armário e pensa coisas desse tipo. E tu talvez sejas assim; às vezes, és impessoal e retraído como uma vela em meio às trevas, uma vela que não é nada sozinha e que tão somente aumenta a escuridão, tornando-a mais visível. Desde que te vi tendo medo, sinto como se despencasses de meus pensamentos, e fica apenas o medo como uma mancha escura e, em seguida, uma margem quente e fofa que a contorna. E o que conta é tão somente ser como o acontecimento e não como a pessoa que age; deveríamos todos estar sozinhos com aquilo que acontece e, ao mesmo tempo, deveríamos estar juntos, mudos e fechados como um recinto de quatro paredes e sem janelas que formam um espaço onde tudo pode acontecer realmente, porém sem penetrar de um para o outro, como se tudo acontecesse somente em pensamentos..."

E Johannes não entendia nada.

E, de repente, ela começou a modificar-se como se afundasse de volta, até as linhas de seu rosto tornavam-se ora menores e ora maiores; certamente poderia ter dito algo mais, porém, para si mesma, ela não parecia ser aquela pessoa que falara ainda há pouco, e foi apenas com alguma hesitação, como se por meio de um trajeto amplo e nada habitual, que vieram suas palavras: "...o que achas? ...acho que nenhum homem poderia ser tão impessoal, só um animal... Me ajuda, por que só me vem à mente um animal quando penso nisso...?!"

E Johannes tentou, de algum modo, chamá-la a si, de repente falava, subitamente queria ouvir mais.

Mas ela apenas meneava a cabeça.

o o

Johannes; e a partir de então sentiu uma terrível leveza ao passar por um triz ao lado do que queria. Às vezes, não reconhecemos o que obscuramente queremos, mas sabemos que falharemos em apanhá-lo; vivemos então nossas vidas como num quarto trancado, onde sentimos medo. Algo o angustiava às vezes, como se, de repente, ele pudesse começar a uivar, caminhando em quatro patas e cheirando os cabelos de Verônica; tais imagens lhe ocorriam. Mas nada acontecia. Eles passavam um pelo outro; eles se entreolhavam; trocavam palavras insignificantes ou que sondavam – dia após dia.

Uma vez, no entanto, ele sentiu de repente que aquilo era como um encontro na solidão, em cujo entorno a imóvel e confusa proximidade se firma de chofre, formando como que um arco. Verônica descia as escadas em cuja extremidade inferior ele aguardava; ficaram parados por algum tempo, singulares, no crepúsculo. Ele nem mesmo pensou que pudesse querer algo dela, mas tudo era como se ambos fossem, naquele modo de estarem ali parados, uma fantasia no interior de uma moléstia, tanto lhe pareceu diverso e necessário o que havia dito: "Vem, vamos partir juntos." Mas ela respondeu uma coisa da qual só podia entender: ...não amar ...não casar ...não posso deixar nossa tia.

Tentou mais uma vez e disse: "Verônica, uma pessoa, e às vezes até uma palavra, um calor, um sopro, é como uma pedrinha num redemoinho que repentinamente revela o centro ao redor do qual tu estás girando... temos talvez que fazer algo juntos, que assim talvez possamos encontrá-lo." A voz dela, porém, tinha algo ainda mais voluptuoso do que da vez em que havia dado a mesma resposta que agora. "Ninguém pode ser tão impessoal, somente um animal pode... sim, talvez, caso tivesses de morrer..." Mas ela retrucou "não". E aí ele novamente foi tomado por aquilo, aquilo que, na verdade, não era uma decisão, mas uma visão, nada que se relacionasse com a realidade, mas apenas consigo mesmo como uma música, e então disse: "Vou embora; com certeza, talvez eu vá morrer." Mas mesmo ali ele estava ciente de que não era isso que queria dizer.

E naquela época, hora após hora, havia tentado entender aquilo, e se perguntava como era possível que ela tivesse tanta influência. E dizia às vezes: "Verônica" e sentia nesse nome o suor saindo e, no próprio nome, se prendendo, a submissão e o irremediável de seguir atrás e a umidade gélida do contentar-se com um isolamento. E tinha de pensar no nome toda vez que se deparava com aqueles dois cachos que ela trazia nas têmporas – cachos delicadamente colados na testa como algo estranho – ou ainda com seu sorriso, quando se sentavam à mesa e ela servia à tia. E ele tinha de olhá-la cada vez que Demeter falava, mas esbarrava repetidas vezes em algo que não lhe permitia compreender como era possível que uma pessoa como ela se tornasse o centro de sua decisão passional. E, quando ele refletia, havia em torno dela desde as mais precoces reminiscências dele, algo que cintilara e se extinguira há muito tempo, como o perfume de velas sopradas, algo sempre evitado como as salas de visita onde dormiam imóveis sob lençóis de linho e atrás de cortinas cerradas. E, somente quando ouvia Demeter falar coisas que eram tão abominavelmente triviais e pálidas quanto móveis que ninguém utiliza, somente então aquilo lhe pareceu uma obscenidade a três.

E ainda assim, mais tarde, quando pensava nela, tudo o que podia ouvir era a maneira como ela dizia não. Ela dizia não três vezes, de repente, e ele ouvia algo totalmente ignoto. Às vezes, ocorria num tom baixinho, porém mesmo assim se destacava de modo notável do tom anterior e se erguia pela casa, depois era como uma chicotada ou como um agarrar-se sem consciência, mas então tudo ficava de novo baixinho, agachado e aí descia uma dor por cima do sofrido.

Às vezes, e mesmo agora, quando pensava nela, era como se ela fosse bonita. De uma beleza excessivamente construída que é tão fácil de admirar quanto de esquecer, e aí voltava a achá-la feia mais uma vez. E era compelido a pensar nas vezes em que ela surgia à sua frente, emergindo do negrume da casa que, de pronto, se fechava atrás dela estranhamente, imóvel, e também nas vezes em que ela emergia e deslizava ao lado dele com sua enérgica sensualidade incomum – como que arrojada por estranha doença –, era sempre compelido a pensar que ela o sentia como um animal. Ele percebia aquilo como incompreensível e terrível em sua realidade, maior do que aquela realidade em que havia acreditado de início. E mesmo quando não a via, via tudo diante de si com excessiva nitidez, a estatura esguia e o peito largo e um tanto chato, a fronte baixa e sem protuberância com cabelos densos e sombrios que se fechavam imediatamente acima dos caracóis estranhos e suaves, sua boca grande e sensual e a leve penugem de pelos negros que lhe cobriam os braços. E percebia como ela mantinha a cabeça abaixada, como se seu pescoço fino não conseguisse sustentá-la sem se dobrar, e a doçura peculiar, quase despudorada e indiferente com a qual ela empurrava o ventre para fora ao andar. Mas eles já quase não falavam um com o outro.

Verônica, de repente, ouvira um pássaro cantar e depois um outro que respondia. E, assim, a coisa terminou. Com um acontecimento diminuto e aleatório, tal como ocorre às vezes, isso teve fim e deu-se início ao que existia somente para ela.

Então deslizou furtivamente – cautelosa, apressada, como o toque de uma língua lanceolada, ligeira, mole e peluda –, o odor das gramas altas e das flores do campo que roçavam os rostos. E a última conversa, que havia se arrastado da maneira preguiçosa com que mexemos entre os dedos algo que não nos interessa mais, rompeu-se. Verônica se assustara; notou somente mais tarde que se assustara de modo peculiar, graças ao rubor que agora subia em seu rosto, e devido a uma lembrança que, súbito, cruzou o arco dos anos, lá estava novamente, sem aviso, quente e viva. Sim, nos últimos tempos haviam surgido tantas lembranças, e era como se tivesse ouvido o sibilo na noite anterior, e na noite antes daquela, e na outra ainda anterior e numa noite há quinze dias. E tinha a impressão também de já ter se debatido com aquele toque sibilar, talvez no sono. Aquelas coisas estavam lhe acontecendo nos últimos tempos, aquelas lembranças estranhas, repetidas vezes, ocorriam à esquerda e à direita de algo que havia nela, na frente e atrás, tal enxames que se movem rumo a um alvo, mas dessa vez ela sabia, com uma certeza antinatural, que sua infância inteira era realmente a coisa certa. Era uma lembrança que reconheceu de súbito, finalmente, vislumbrando-a através de muitos e muitos anos, sem nexo, quente e ainda viva.

Ela havia amado a pelagem de um grande São Bernardo, principalmente na parte frontal onde, a cada passada, os amplos músculos do peito se erguiam sobre os ossos curvos como duas colinas; os pelos eram tão densos e tão marrom-dourados, era tudo tão rico e inestimável, tão calmamente infinito que os olhos ficavam tontos até quando repousavam calmos num único ponto. E enquanto não sentia nada além disso, apenas aquela sensação única, informe e forte de gostar, aquele companheirismo terno de uma moça de quatorze anos que está prestes a se engajar numa causa, tudo ali se passava quase como se numa paisagem. Quando passeamos, eis aqui um bosque e uma pradaria, acolá a montanha e o campo e, nessa imensa ordenação, cada coisa é como uma pedrinha, muito simples, muito dócil, mas cada uma delas, quando olhada em si mesma, sozinha, é terrivelmente composta, contida e viva, de modo que, de chofre, em meio à

Maria Tomaselli. *O Cachorro*. Gravura em metal, 27 x 39,5 cm, 2017.

admiração, concebemos um medo, como de um animal que recolhe as pernas e deita imóvel e espreita.

Uma vez, no entanto, deitada ao lado de seu cão, ocorreu-lhe o pensamento, devem ter sido assim os gigantes; com montanhas e vales e florestas de pelos no peito e pássaros canoros a balançar nos pelos, e pequenos piolhos trepados nas aves, e – ela não sabia como continuar, mas aquilo ainda não precisava de um final, e as coisas se alinhavam uma na outra novamente, enganchavam-se firmes, de tal forma que as coisas, como que intimidadas por todo aquele poder e toda aquela ordem, pareciam manter-se quietas. E ela pensava em segredo que, se as coisas se enfurecessem, tudo aquilo de um rasgo se desintegraria, aos gritos, em suas mil vidas, soterrando quem quer que fosse com uma pletora terrível e, quando então nos atacassem com amor voraz, tudo haveria de pisar como montanhas e marulhar como as copas das árvores, e pelinhos flutuantes teriam crescido em nossos corpos, e insetos sujos formigando e uma voz estridente gritando em estado de beatitude no píncaro de algo de todo indizível, e seu sopro haveria de envolver tudo isso num enxame de bichos e agarrá-lo para si.

E quando ela notou, naquele instante, que seus pequenos seios pontudos se erguiam e se abaixavam no mesmíssimo ritmo da respiração peluda ao seu lado, deixou repentinamente de querer aquilo e conteve-se, como se algo a mais estivesse prestes a se conjurar. No entanto, como não conseguia mais sustentar aquilo e como sua respiração, a despeito de tudo, começava a entrar no compasso desse ritmo, como se estivesse atraída por essa outra vida, cerrou os olhos e, mais uma vez, passou a pensar nos gigantes, num ir-e-vir inquieto de imagens, mas que agora estavam mais próximas e quentes, como se envoltas em brumas que passavam baixas no céu.

Quando abriu de novo os olhos depois de se passar muito tempo, tudo estava como antes, só que o cachorro agora estava ao seu lado, em pé, e a olhava. E eis que notou que, sem qualquer ruído, algo pontiagudo, encarnado, voluptuoso, sôfrego e contorcido havia avançado, brotando em meio à pelagem alvacenta como a baba loura das ondas do mar e, quando quis se levantar, sentiu no seu rosto o toque morno, espasmódico da língua canina. E ficou tão estranhamente paralisada, como... como se ela própria fosse também um animal e, apesar da angústia pavorosa que sentiu, algo se agachou nela, todo quente, como se agora e agora... como gritos de pássaros e bater de asas numa moita, até tudo ficar quieto e mole, com o frufru de penas deslizando umas nas outras...

E então era a mesma coisa de antes, era exatamente aquele susto estranho e quente que agora reconhecia em tudo. Pois não sabemos por meio do que o sentimos, mas ela sentiu isso, sentiu que agora, depois de anos, se assustara do mesmo modo que antes.

E ali estava, em pé, aquele que ainda hoje partiria, Johannes, e ali estava ela. Treze ou quatorze anos haviam se passado e já fazia tempo que seus seios não eram mais tão pontudos e que seus mamilos já não eram mais tão curiosos e rosados, haviam se inclinado levemente e estavam um tanto tristes como dois chapeuzinhos de papel abandonados numa planície ampla, pois o tórax havia se alargado, chato, para os lados, o que lhes dava um aspecto como se o espaço ao seu redor tivesse crescido para além. Mas ela mal sabia disso, porque só o via quando estava em frente ao espelho – quando estava nua, no banho ou ao se trocar, pois há muito fazia só o estritamente necessário –, mas o percebia tão somente por meio da sensação, pois lhe parecia às vezes que em outros tempos podia fechar-se em suas roupas, bem firme em todos os lados, ao passo que agora era como se apenas nos cobríssemos com elas, e quando lembrava como ela própria se sentia, assim de dentro para fora, isso havia sido antes como uma gota d'água redonda e tensionada e, então, já há muito tempo, era uma pequena poça com bordas fluidas; assim, aquele sentimento era amplo e frouxo, e provavelmente o sentimento não seria mais do que uma preguiça ou uma indolência cansada, mas havia sentido, de quando em vez, como algo incomparavelmente suave havia se encostado nela, muito lentamente, que vinha de dentro em milhares de ternas dobras cuidadosas.

E isso deve ter ocorrido na época em que ela estivera mais próxima da vida, sentindo-a mais nítida, como se com as próprias mãos, com o próprio corpo, mas já há muito tempo não sabia dizer como havia sido aquilo, sabia tão somente que desde então algo deve ter surgido que encobrira tudo... E não soubera dizer o que era, se um sonho ou um medo acordado, e se algo que vira a teria assustado ou se ainda estava com medo de seus próprios olhos – até hoje. Pois, nesse meio tempo, sua frágil vida cotidiana se estendera sobre aquelas impressões, apagando-as tal como um vento cansado, permanente, apaga pegadas na areia; só sua monotonia ressoava em sua alma, como um zumbido baixo que infla e murcha. Ela já não conhecia prazeres fortes nem fortes sofrimentos, nada que se destacasse de modo notável do restante das coisas, e sua vida tornara-se cada vez mais indistinta. Os dias passavam, uns iguais aos outros, e um ano vinha e se parecia com o anterior; ela sentia ainda que, a cada ano transcorrido, um tanto lhe era tirado e outro tanto acrescentado e que lentamente algo se modificava neles, mas dia algum, em situação alguma, se destacava do outro; ela tinha um sentimento indistinto e fluido de si mesma e, quando se apalpava interiormente, encontrava tão somente a sucessão de formas vagas e veladas, como quando sentimos algo se mexer embaixo de uma coberta, sem poder adivinhar-lhe o sentido. Aos poucos era como se vivesse debaixo de um pano macio ou numa redoma de chifre fino e polido, que se torna cada vez menos translúcida. As coisas se afastavam mais e mais, perdendo seu rosto, e também seu sentimento de si afundava cada vez mais profundamente no espaço longínquo. No meio restava um espaço vazio, imenso e inquietante e ali vivia seu corpo; ele via as coisas ao redor, sorria, vivia, mas tudo acontecia de modo tão desconectado e, muitas vezes, um nojo tenaz arrastava-se inaudível por aquele mundo, um som que borrava todos os sentimentos como com uma máscara de piche.

E apenas quando se formou em si aquele movimento estranho que hoje chegara à completude foi que ela pensou que as coisas poderiam, talvez, tornar-se novamente como haviam sido antes disso. Depois, ela pode ter indagado também se não era amor; amor? Talvez tivesse chegado há muito tempo e muito devagar; devagar teria vindo. Porém, mesmo assim, rápido demais para a medida temporal de sua vida, a medida de sua vida era ainda mais vagarosa, muito vagarosa, era então apenas como um lento abrir e fechar dos olhos e, naquele piscar, como um olhar que não consegue prender-se nas coisas, que desliza, devagar, e passa intocado. Com esse olhar, viu aquela coisa vir e por isso não podia acreditar que fosse amor; ela o detestava tão obscuramente como todas as coisas estranhas, sem ódio, sem nitidez, apenas como um país longínquo para além da fronteira onde, mole e desconsolado, o nosso próprio eu flui e se funde com o céu. Mas desde então sabia que perdera todo o prazer na vida, porque algo a forçava a detestar tudo o que era estranho e, se antes sentira as coisas apenas como alguém que desconhece o sentido de suas ações, agora tinha às vezes a impressão de que apenas o havia esquecido e que talvez pudesse se lembrar. E algo maravilhoso a torturava, algo que então devia se produzir, como a lembrança de uma coisa importante e esquecida que flutua bem perto, debaixo da consciência. E tudo isso havia começado quando Johannes voltou e ela lembrou, já no primeiro instante, sem saber por que, como Demeter certa vez havia batido nele e como Johannes havia sorrido.

Desde então tivera a impressão de que havia chegado alguém que possuía o que lhe faltava, e que ele trazia aquilo, quieto, no meio do crepúsculo deserto de sua vida. Bastava ele estar andando, e as coisas diante dos olhos dela ordenavam-se com certa hesitação tão logo ele as olhasse; parecia-lhe, às vezes, quando ele sorria assustado para si mesmo, que era como se pudesse aspirar o mundo, segurando-o no corpo e sentindo-o por dentro de si mesmo e, depois, quando o colocava de novo à sua frente, com gesto suave e cuidadoso, dava-lhe a impressão de ser como um artista que trabalha, solitário, só para si, com argolas voadoras; não foi mais do que isso.

Apenas lhe doía, com a intensidade cega de uma representação presente, que em seus olhos tudo talvez fosse belo, ela sentia ciúme de algo que talvez só ele podia sentir. Pois embora toda e qualquer ordem se dissolvesse de novo sob os olhares dela e embora ela tivesse pelas coisas apenas o amor ávido de uma mãe por um filho que ela se sente desamparada demais para guiar, mesmo assim sua lassidão cansada começava agora a vibrar de vez em quando, como um som; como um som que ressoa no ouvido e que, em algum lugar no mundo, infla um espaço e acende uma luz... uma luz e pessoas cujos gestos são feitos de prolongada nostalgia, como de linhas que, alongadas para além de si mesmas, se encontram somente ao longe, longe, quase somente no infinito. Ele disse, são ideais, e aí ela tomou coragem, esperando que algo pudesse realmente vir a ser. Mas talvez fosse apenas que ela estivesse já tentando se erguer, mas ainda sentia dor, como se seu corpo estivesse doente e não pudesse carregá-la.

E na época ocorreu também que todas as outras lembranças começaram a voltar, exceto aquela única. Vieram todas e ela não sabia por que, e somente sentiu através de alguma coisa que ainda estava faltando uma e que todas as outras vieram tão somente através daquela única. Formou-se nela a imagem de que Johannes pudesse ajudá-la naquilo e que toda sua vida dependeria do desafio de ganhar aquela única lembrança. E sabia também que o que estava sentindo não era uma força, mas a quietude dele, a fraqueza dele, aquela fraqueza quieta e invulnerável que se espraiava atrás dele como um espaço amplo, espaço onde ele estava sozinho com tudo o que lhe acontecia. Ademais, ela não conseguia encontrar aquilo, o que a deixava inquieta, e sofria, porque sempre que acreditava se aproximar disso era compelida a pensar num animal; ela pensava frequentemente em animais ou em Demeter quando pensava em Johannes, e intuía que tivessem em comum um tentador inimigo, Demeter, cuja imagem obstruía sua lembrança como uma imensa planta que prolifera e atrai para si todas as forças. E ela não sabia se aquilo tudo nascia da lembrança que já desconhecia ou de um sentido que estava ainda por se formar diante dela. Era amor? Havia nela uma errância, um desfilar. Ela mesma não o sabia. Era como andar em um caminho como se em direção a um alvo, numa espera que lentamente torna os passos hesitantes, a espera de encontrar de repente, antes, a qualquer instante, alguém totalmente diferente e de reconhecê-lo.

E ele não a compreendeu nisso, e não sabia como era difícil essa sensação oscilante de uma vida que devia se erigir sobre algo que ela ainda não conhecia, para se construir para ele e para ela, e ele a desejava como uma realidade muito simples, como sua mulher ou algo assim. Ela não conseguia acreditar nele, aquilo lhe parecia sem sentido e, naquele momento, quase vulgar. Jamais sentira um desejo que visasse diretamente algo, mas agora, mais do que nunca, os homens lhe pareciam ser nada além de um pretexto com o qual não se devia embaraçar, um pretexto para algo que neles se incorporava de modo apenas vago. E, de pronto, mergulhou outra vez em si mesma, acocorada na sua própria escuridão, e o fitou, e com surpresa sentiu pela primeira vez esse fechar-se sobre si como um toque sensual ao qual se entregava com a volúpia de alguém que está ciente de fazer aquilo bem perto dos olhos dele, mas mesmo assim inalcançável para ele. Algo se eriçava nela, resistindo a ele como o pelo sedoso e crepitante de um gato, e como se seguisse com o olhar uma pequena esfera brilhante, do seu esconderijo ela soltou um "não" e o deixou rolar aos seus pés... E depois gritou, quando ele tentou pisotear aquele não.

Mas então, agora, no instante mesmo quando um adeus se erguia irrevogável entre eles, para acompanhá-los na derradeira caminhada, aconteceu que aquela mais perdida das lembranças, com nitidez total, pôde despontar de súbito. Sentia apenas que era ela, porém não sabia como e ficou um tanto decepcionada porque nada naquele conteúdo lhe permitia adivinhar por que era aquela lembrança; e então se viu como se em meio a um frescor redentor. Sentiu que, noutra ocasião em sua vida, havia se assustado com Johannes, mas não conseguia entender que relação havia entre tais coisas para que pudessem ter tido para ela tanta significação e em que se converteriam no futuro – no entanto, parecia-lhe, num pronto, como se ingressasse novamente em seu caminho, naquele mesmo foco onde ela o havia perdido em tempos pretéritos, e sentiu que naquele instante a experiência real, a experiência com o verdadeiro Johannes, houvesse transposto o ápice e estava terminada.

Ela teve naquele momento uma sensação como de um romper-se; embora estivessem bem perto um do outro, tudo lhe era tão oblíquo, como se ela e ele afundassem e afundassem bem longe um do outro; Verônica olhava para as árvores ao lado de seu caminho, elas se erguiam mais retas e altas do que lhe parecia natural. E aí pensou que o Não, que ela pronunciara antes de modo apenas confuso e que emergia de uma intuição, estava perfeito e definitivamente palpável, e compreendeu que era por causa disso que ele partia agora, embora não o quisesse. E, por algum tempo, isso lhe pesava tão profundamente como quando dois corpos estão deitados um ao lado do outro, do seguinte modo: separados e tristes e cada qual sendo apenas aquilo que é para si mesmo, pois quase chegara a se tornar uma entrega o que estava sentindo; e algo se lhe apoderou que a tornava pequena e frágil, como que a reduzindo a um cachorrinho que uiva, enquanto manca nas três patinhas ou, ainda, como uma bandeirola puída que, arrastada pelas lufadas, rasteja mendigando; assim, de um modo tão definitivo, tudo a dissolvia e havia nela uma nostalgia de segurá-lo como um caramujo fofo e ferido que procura, com pequenos espasmos, por outro caramujo, em cujo corpo ele gostaria de se grudar desabrochado, moribundo.

Mas então ela o olhou e mal soube o que pensar, e adivinhou que a única coisa que sabia disso, aquela lembrança súbita que nela estava, nua e solitária, talvez não fosse nada que se pudesse compreender por si só, mas apenas através do fato de que aquilo – cuja realização, em algum tempo, fora impedida por razão de um temor imenso – que estivera desde então endurecido e fechado escondia-se dentro dela, bloqueando o caminho a algo outro que poderia ter passado a existir, e tinha de sair de dentro dela como um corpo estranho. Pois já de novo seu sentimento por Johannes começou a afundar e refluir – numa maré ampla e liberta irrompeu algo que estivera retido há muito tempo, como que morto e impotente, rompendo o que estava preso abaixo, expelindo-o de dentro dela e arrastando-o consigo –, e no seu lugar desabrochou um brilho como uma abóbada que dela se despegara,

Marcos Sanches. *Verônica no Mundo Oblíquo*. Gravura em metal, 20 x 27 cm, 2017.

ampla, surgindo da lonjura, algo ascendente, sem pilares, algo que se içava infinitamente e faiscava como teias oníricas onde todo nexo é perdido.

E a conversa que, por fora, eles ainda entretinham tornava-se curta e ressecava como água na areia e, enquanto ainda se esforçavam em prolongá-la, Verônica sentia como, no tramado das palavras, tudo se transformava em algo outro, e ela sabia definitivamente que ele tinha de partir e interrompeu a conversa. O que quer que dissessem ou tentassem parecia-lhe em vão, pois tudo estava decidido, ele devia partir sem jamais voltar – e porque sentisse que já não mais queria o que talvez teria feito em outras circunstâncias, a sobra de tudo aquilo ganhava uma expressão rígida e incompreensível após a abrupta reviravolta; ela mal conseguia lhe dar um sentido e uma razão, aquilo era rápido e cortante, um fato, um ser-agarrado e ser-lançado.

E enquanto ele estava em meio ao cipoal das suas próprias palavras, ainda postado à frente dela, Verônica começou a sentir a insuficiência de sua presença, a insuficiência de seu efetivo estar com ela, e isso exercia uma dura pressão sobre alguma coisa em si, alguma coisa que já queria elevar-se a certa altura junto com a lembrança dele e, em toda parte, ela se chocava que ele estivesse vivo, como nos chocamos contra um cadáver que, endurecido e hostil, resiste aos esforços de arredá-lo. E quando notou que ele ainda a olhava de modo penetrante, Johannes pareceu-lhe um grande animal exausto, cuja carga corporal ela não podia tirar de cima de si e sentia sua própria lembrança como uma coisinha quente apertada entre as mãos, e algo nela quase mostrou a língua para ele, vindo-lhe uma sensação que oscilava entre a fuga e a sedução, quase como o desamparo de uma fêmea que abocanha o macho que a persegue.

Naquele momento, contudo, o vento voltou a soprar e o sentimento dela se amplificou para dentro dele, e liberou-se de toda resistência rígida e de todo ódio: sem desistir de tais sentimentos, ele os sugava para dentro de si como algo muito mole, até sobrar somente um pavor errático ao qual Verônica como que se abandonava, ao mesmo tempo que o sentia; e tudo mais ao redor tornou-se um frêmito de adivinhação. O que até então permanecera fosco e pesava em sua vida como uma neblina escura animou-se de repente e pareceu-lhe como se as formas de objetos há muito procurados se delineassem debaixo de um véu antes de sumirem novamente. Mesmo assim, nada se delineava com o destaque que permitisse segurá-lo entre os dedos, tudo ainda recuava e se desvencilhava perante as palavras que tateavam suavemente, e nada podia ser dito, e cada palavra que agora não era mais pronunciada era vista à distância e como se num amplo horizonte, e vinha acompanhada daquela compreensão que vibra de modo esquisito, ao mesmo tempo que espreme, num palco, gestos cotidianos, empilhando-os como sinais de um caminho cujo chão amiúde não era visível no liso tramado de seixos. Como uma máscara de seda muito, muito tênue, aquilo se esticava por sobre o mundo, claro, cinza-prata, pleno de movimento como se prestes a romper; e ela tensionava os olhos e, diante daquilo, algo nela tremia, como se fosse sacudida por golpes invisíveis.

Assim estavam, lado a lado, e quando o vento, cada vez mais repleto e forte, invadiu o caminho, recobrindo tudo feito um animal maravilhoso, macio, cheiroso, roçando o rosto, a nuca, as axilas... e respirando em toda parte e em toda parte estendendo os pelos suaves, veludosos, que tocavam a pele mais de perto a cada vez que o peito se inflava ao respirar... então ambas as coisas se soltaram, o pavor e a espera, dissolvendo-se num calor cansado e pesado, um calor mudo e cego que, lentamente, começou a girar como sangue dançando ao seu redor. E, de repente, ela teve de pensar em algo que ouvira certa vez: que há milhões de pequenos seres instalados em cada pessoa e que, a cada sopro, vão e vêm incontáveis torrentes de vida, e ela hesitou por instantes, surpresa com aquele pensamento e tudo ficou tão quente e escuro quanto numa imensa onda púrpura, mas depois sentiu, bem perto daquela corrente sanguínea, uma segunda coisa e, ao levantar os olhos, ele estava à sua frente e os seus cabelos dançavam ao vento rumo aos cabelos trêmulos dela, e os fios já se tocavam com toda a suavidade nas estremecidas pontas; então foi arrebatada por uma volúpia crepitante, como quando dois enxames atordoados se emaranham, e ela teria gostado de arrancar de si a própria vida para salpicar Johannes por inteiro com aquilo, ébria e delirante, na escuridão quente e protetora. Seus corpos, no entanto, estavam duros e tesos e, com olhos fechados, deixavam acontecer o que ali se passava furtivamente, como se nada devessem saber disso, e eles ficaram cada vez mais vazios e cansados e depois murcharam, bem suaves e calmos e ternos, plácidos como a morte, como se sangrassem, transfundindo-se um no outro.

E, quando o vento se alçou, pareceu-lhe que o sangue dele crescia por debaixo de suas saias, enchendo-a até o ventre com estrelas e cálices e objetos azuis e louros e com finos fios, toques e sondagens e com uma volúpia inerte, como quando flores balançam ao vento e concebem. E enquanto o pôr do sol ainda iluminava a borda de suas saias, ela permaneceu entregue, preguiçosa e calma, livre da vergonha, como se tudo fosse visível. E apenas no mais total esquecimento foi que começou a pensar naquela nostalgia ainda maior, que ainda haveria de preenchê-la, mas, naquele momento, isso era só um burburinho triste, como sinos que tocam ao longe; e permaneceram lado a lado, esguias e austeras silhuetas contra o céu noturno.

O sol se deitara; Verônica retornou sozinha e pensativa pelo mesmo caminho; entre pastos e campos. Como que emergindo de um invólucro rompido e descartado no chão, aquele adeus fez com que emergisse nela uma sensação de si; isso era tão firme que se sentiu como uma faca na vida daquele outro ser. Tudo estava claramente delineado, ele iria embora e se mataria, ela não o pôs à prova, aquilo era algo tão impactante como um objeto escuro e pesado no chão. Parecia-lhe tão irrevogável quanto um corte efetuado pelo tempo, frente ao qual tudo o que havia existido se petrificara, e este dia saltou do meio dos outros com o repentino faiscar de uma espada, sim, parecia-lhe que estivesse vendo, corporalmente suspenso no ar, o modo como a relação de sua alma com essa outra alma havia se transformado em algo último, inalterável, o qual se estirava como um tronco rompido rumo à eternidade. Ela sentia às vezes ternura por Johannes, ao qual ela devia tudo aquilo,

Marcos Sanches. *Verônica e Johannes.* Gravura em metal, 25,5 x 18 cm, 2017.

e depois de novo não sentia nada, somente seu próprio andar. O que a açoitava era uma determinação que convergia para a solidão, sem outro alvo qualquer; entre prados e campos. O mundo tornou-se pequeno como o entardecer. E, pouco a pouco, um estranho gozo começou a carregar Verônica, ar leve e cruel que ela farejava com narinas trêmulas, ar que a preenchia e soerguia e no qual seus gestos desaguavam, apanhando o distante, e no qual seus passos soltavam-se da leve pressão do chão, a erguer-se por sobre as florestas.

Por pouco ela não ficou enjoada de tanta leveza e felicidade. Essa tensão dissolveu-se apenas ao colocar a mão na porta de sua casa. Era uma porta pequena encaixada num arco robusto; quando a fechou, a porta se fez impermeável diante de si e ela permaneceu no escuro como se em águas calmas e subterrâneas. Avançou lentamente e sentiu, sem tocá-las, a proximidade das paredes frescas que a envolviam; era uma sensação estranhamente familiar, ela sabia que estava consigo.

Depois fez calmamente o que tinha de fazer e o dia transcorreu como todos os outros. De tempos em tempos, Johannes surgia entremeado aos pensamentos dela, e então ela olhava o relógio e sabia onde ele devia estar. Por uma vez, no entanto, esforçou-se para não pensar nele por muito tempo e, quando o fez de novo, o trem já devia estar rolando através da noite, por vales montanhosos rumo ao sul, e regiões desconhecidas envolviam, negras, sua consciência.

Ela foi para a cama e adormeceu rápido. Mas tinha o sono leve e impaciente como alguém que aguarda algo incomum para o dia seguinte. Debaixo de suas pálpebras havia uma clareza constante; ao aproximar-se a manhã, aquilo ficava ainda mais claro e parecia expandir-se, tornava-se indizivelmente amplo; quando Verônica acordou, ela entendeu: o mar.

Ele deveria estar vendo o mar agora e assim não restaria mais nenhuma outra necessidade, salvo executar sua decisão. Ele provavelmente sairia num barco a remo e se daria um tiro. Mas Verônica não sabia quando. Ela se lançou em conjecturas, contrapôs razões. Será que ele iria direto do trem para o barco? Aguardaria a noite, aquele momento em que o mar se deita sossegado e nos olha com olhos negros, vastos? Ela passou o dia todo num estado de inquietude, como se pequenas agulhas picassem a pele sem parar. Às vezes, despontava – do interior de uma moldura dourada que cintilava na parede, do breu das escadarias ou no linho branco que ela bordava – o rosto de Johannes. Pálido e com lábios carmesim... deformado e inchado pela água... ou apenas como um cacho negro na testa desabada. Às vezes, ficava repleta de uma ternura que depressa refluía como escombros à deriva. E, quando então veio a noite, ela sabia que o que tinha para acontecer, aconteceu.

Havia nela, distante, uma intuição de que tudo era sem sentido, aquela expectativa e atitude de tratar algo de todo incerto como real. Às vezes, uma ideia rápida a atravessava, que Johannes não estaria morto, era como se um cobertor macio fosse rasgado e um fiapo do real pulasse para logo depois soçobrar. Sentia então, imperceptível e inaudível, a noite que deslizava ao redor de sua casa, mais ou menos assim: certa vez veio uma noite, veio e partiu; ela sabia. Mas isso desfaleceu. Uma tranquilidade profunda e uma sensação do segredo das coisas começou lentamente a envolver Verônica com incontáveis plissagens.

E veio a noite, essa noite "única" de sua vida, em que aquilo que se formara sob a coberta crepuscular de sua longa existência doentia e ficara retido fora da realidade por arte de alguma inibição crescera como uma mancha voraz, tomando as formas estranhas de experiências inconcebíveis, e ganhara a força de finalmente se erguer, consciente, dentro dela.

Impulsionada por algo indeterminado, ela acendeu no seu quarto todas as luzes e permaneceu sentada entre elas, imóvel no meio da peça; buscou a imagem de Johannes e colocou-a diante de si. Mas não lhe parecia mais que aquilo que estivera aguardando fosse o acontecimento com Johannes, ou algo que estivesse no interior dela, algo imaginado, mas sentiu de súbito que o seu sentimento do ambiente em volta havia se alterado e espichado rumo a uma região desconhecida entre sonhos e vigília.

O espaço vazio entre ela e as coisas perdeu-se e estava estranhamente tenso de relações. Os utensílios ocupavam seus lugares com um impacto inalterável – a mesa e o armário, o relógio na parede –, perfeitamente cheios de si, separados dela e tão firmemente fechados sobre si como um punho fechado; contudo, mesmo assim, às vezes estavam novamente como que no interior de Verônica ou talvez a mirassem como se tivessem olhos, a partir de um espaço que se estendia como uma parede de vidro entre Verônica e o espaço. E eles estavam ali como se, por muitos anos, apenas estivessem à espera daquela noite para se encontrarem consigo mesmos, assim se esticavam como abóbadas, curvando-se para o alto e, sem parar, fluía deles aquele excesso, e o sentimento do instante ergueu-se formando um côncavo em torno de Verônica, como se ela mesma se expandisse ao redor de tudo ao modo de um recinto onde velas luziluziam mudas. E, certas vezes, caía uma exaustão sobre ela, que emanava daquela tensão, e então ela parecia tão somente luzir, uma claridade erguendo-se das suas pernas e seus braços e sentiu aquele fulgor em cima de si como se viesse de fora e ficou cansada de si mesma, como que absorta na auréola de um lampião que zumbe baixinho. E seus pensamentos se moviam através e para fora daquela clara sonolência com ramificações pontiagudas, que se tornavam visíveis como as mais finas veias capilares. Tudo se tornava cada vez mais mudo, véus desciam ao redor de sua consciência, suaves como nevascas diante de vidraças iluminadas, de ora em vez crepitava ali uma luz, grande e rendilhada... Mas, depois de algum tempo, ela se alçou outra vez até o limite de sua vigília tensionada de modo inusitado e teve com muita nitidez a sensação: assim Johannes está agora, nesse tipo de realidade, num espaço alterado.

Crianças e mortos não têm alma; a alma que os seres vivos possuem, porém, é o que não os deixa amar, por mais que o queiram, é aquilo que retém um resíduo no cerne de todo o amor – Verônica sentiu: aquilo que, com todo o amor, não se deixa doar é o que dá direção a todos os sentimentos, para longe daquela coisa que, irrequieta e confiante, neles se agarra, o que dá a todos os sentimentos alguma coisa que permanece inalcançável para o mais amado, algo prestes a retornar; mesmo quando se aproximam dele, alguma coisa volta o olhar para o lado, sorrindo, como se houvesse um secreto e cúmplice entendimento. Crianças e mortos, contudo, eles ainda não são nada ou não são mais nada, eles permitem pensar que poderão vir a ser tudo ou que foram tudo; são como o oco da realidade em recipientes vazios, que empresta sua forma aos sonhos. Crianças e mortos não têm alma, não têm esse tipo de alma. E os animais. Os animais, para Verônica, eram terríveis na sua ameaçadora feiura, mas tinham nos olhos o esquecimento que escorre gotejando, forma, ponto, piscando.

Para a busca sem rumo, a alma é algo assim. Ao longo de toda sua vida obscura, Verônica havia temido um amor e sentido falta de outro, nos sonhos as coisas se passam às vezes como havia desejado. Os acontecimentos avançam com sua força máxima, gigantes e morosos, mas, mesmo assim, como algo que se esconde no interior de nós; algo que machuca, e ainda assim do modo como machucamos a nós mesmos; que humilha, mas apenas assim: uma humilhação voa como uma nuvem sem lugar e não há ninguém que a veja; uma humilhação voa como a alegria de uma nuvem negra... Assim ela oscilava entre Johannes e Demeter... E sonhos não estão dentro da gente, tampouco são fragmentos da realidade, mas estendem sua abóbada em algum lugar no sentimento total e ali vivem a pairar, sem peso, como um líquido no interior de outro. Nos sonhos nos entregamos a um amante do mesmo modo que um líquido se infunde no outro; com uma sensação alterada do espaço; pois a alma desperta é um volume oco no espaço e não pode ser preenchido; através da alma, o volume se torna ondulado como gelo repleto de bolhas.

Verônica era capaz de lembrar que havia sonhado algumas vezes. Antes do dia de hoje, ela nunca soubera daquilo, apenas, certas vezes, ao acordar – como que habituada a outra forma de movimento –, havia se chocado com a estreiteza de sua própria consciência, mas havia ainda claridade por detrás de uma fresta... uma simples fresta, atrás da qual, contudo, ela sentia um vasto espaço.

E, agora lembrou, deve ter sonhado várias vezes. E via através de sua vida acordada a vida de suas figuras oníricas, do mesmo modo que, por trás da lembrança de conversas e gestos, desponta, após muito tempo, a lembrança de uma ligação entre sentimentos e pensamentos que estavam encobertos, da mesma forma que sempre lembramos apenas uma conversa, da mesma maneira que mesmo agora, de repente, ainda sabemos, após tantos anos e, enquanto isso, os sinos tocavam sem parar... Assim eram as conversas com Johannes, assim eram as conversas com Demeter. E, por detrás disso, ela começou a reconhecer o cachorro, o galo, um soco e depois Johannes falou de Deus; devagar, era como se as palavras dele roçassem tudo aquilo com ventosas.

Verônica também sempre havia conhecido, em alguma região da indiferença, um animal que todos conhecem, com suas membranas repulsivas e viscosas exalando odores; entretanto, dentro dela, havia apenas uma escuridão perturbadora e imprecisa que às vezes deslizava por trás de sua consciência diurna ou, ainda, um bosque infinito e terno como um homem adormecido; aquilo para ela não tinha nada de um animal, salvo certas linhas do efeito que um animal exerce sobre a alma, que se estendem e se e prolongam para além de si... E Demeter então disse: "Apenas preciso me inclinar..." e, na metade do dia, Johannes disse: "Algo em mim se sedimentou, se prolongou..." E ela sentia um desejo suavíssimo, pálido, de que Johannes estivesse morto e – ainda em meio à confusão do despertar – olhou-o, tranquila e delirante, penetrando-o com olhares, sempre fundo e mais fundo, perscrutando se algo nele havia capitulado, tal um morto que, súbito, se ergue na direção dela, prenhe da plenitude incalculável das coisas vivas. Seus cabelos se transformaram então em um cipoal e suas unhas, como que em grandes placas translúcidas de mica; ela via nuvens úmidas a flutuar no branco de seus olhos e minúsculos açudes espelhados, ele jazia ali, totalmente escancarado e desagradável, desarmado, mas a alma dele ainda estava oculta e abrigada numa última sensação de si mesmo. E ele falava de Deus, e ela pensou: com Deus ele quer dizer aquele *outro* sentimento, talvez de um espaço onde gostaria de viver. O que ela pensou estava contaminado por ela. Mas pensava também: um animal deveria ser como aquele espaço que desliza tão perto quanto a água que se desmancha nos olhos e se transforma em grandes figuras, mas que são mesmo assim pequenas e longínquas, sempre que as vemos à frente como algo que encontra lá fora; pois não seria possível da mesma maneira, num conto de fadas, pensar nos animais guardiões de princesas? Seria isso uma doença? Naquela noite, sentia que aquelas figuras e ela própria se destacavam frente ao fundo de uma angústia repleta de premonições prestes a submergir novamente. Com isso, sua vida, que acordada assim se arrastava, desmoronaria novamente, ela o sabia e via que tudo em si estava doente e repleto de impossíveis, mas se pudéssemos sustentar cada alongado detalhe nosso ao modo de cabos manejados apenas com uma mão, sem o incômodo que surge quando eles se emaranham no cipoal da realidade...: seu pensamento, naquela noite, conseguiu alcançar uma representação de uma saúde tão gigantesca quanto as brisas das montanhas, prenhe da leveza do livre-dispor dos seus sentimentos.

Como em anéis que às vezes se rompem sob tensão excessiva, essa felicidade fazia redemoinhos nos seus pensamentos. Estás morto, devaneava o amor dela e não queria dizer nada além daquele sentimento estranho que se encontrava bem no meio entre ela e o exterior onde, para ela, vivia a imagem de Johannes, mas as luzes se espelhavam cálidas em seus lábios. E tudo o que aconteceu naquela noite era nada além do que aquela aparência da realidade, que projetava sombras imprecisas para fora, ao mesmo tempo que cintilava ao dissolver-se entre detritos das sensações dela. Parecia-lhe então como se estivesse sentindo Johannes muito perto de si, tão perto como se ela fosse ele. Ele pertencia aos seus desejos e a ternura dela o atravessava sem barreiras, tal ondas que cruzam as redomas moles e púrpuras das mães d'água boiando no mar. Outras vezes, entretanto, seu amor apenas se difundia sobre ele, amplo e descabido como o mar, já exausto e, às vezes, do mesmo modo que o mar, já se propagava sobre o cadáver dele, imenso e suave como um gato a ronronar seus sonhos fraternos. Como água murmurante, as horas escorriam.

E já quando se levantou assustada, sentiu pela primeira vez um amargor. Tudo estava fresco ao redor, as velas haviam queimado até a base e agora somente uma última reluzia; ali onde antes Johannes estivera sentado havia agora um buraco no espaço que nem mesmo todos os pensamentos dela conseguiam preencher. E, de pronto, apagou-se, sem som, também aquela última luz, como a última pessoa que parte fechando silenciosamente a porta; Verônica permaneceu no escuro.

Maria Tomaselli. *Os Espelhos*. Gravura em metal, 27,2 x 39,5 cm, 2017.

Ruídos migravam humildes pela casa, as escadarias, sacudindo, desembaraçavam-se da pressão das pisadas, em algum lugar um camundongo roía e depois um besouro cavoucava a madeira. Quando um relógio tocou, teve medo. Medo da vida interminável daquela coisa que não descansava e vigiava sem cessar, ocupada em perambular por todos os quartos, às vezes no alto do teto, às vezes bem fundo no chão, enquanto ela sentia a ressaca de sua vigília noturna. Como um verdugo que em transe golpeia e dilacera, para calar os espasmos que insistem em continuar, queria agarrar e estrangular o zumbido que ouvia incessantemente. E, de repente, sentiu sua tia adormecida, atrás, mais longe, no quarto mais recuado, cheia de rugas no rosto severo de couro; e as coisas estavam postas, eram escuras e pesadas e careciam de qualquer tensão; e já de novo, naquela existência estranha que a cercava, ela tinha medo.

E apenas uma coisa a estava sustentando – algo que quase já não era um apoio e que lentamente se afundava. E ela já tinha a premonição de que era a única a perceber as coisas daquele modo tão sensual e palpável, e não Johannes. Por sobre sua fantasia já se esboçava uma resistência que vinha da realidade do dia, da vergonha, das palavras da tia acerca das coisas sólidas, do desdém de Demeter, um fechar-se do espaço apertado, um asco de Johannes, uma compulsão, que se anunciava de modo crepuscular, de sentir tudo como se fosse uma noite insone, e mesmo aquela lembrança há tanto tempo tão procurada ficara pequena e longínqua, como se, sorrateiramente, houvesse migrado, sem jamais ter sabido mudar o que quer que seja em sua vida. Mas como uma pessoa que ganha arcos pálidos sob os olhos após viver coisas que não revelaria a ninguém e que sente sua estranheza e fraqueza como um tênue fio melódico que escorre baixinho por entre as coisas robustas, vivas e sensatas, pairava sobre tudo aquilo, a despeito do pesar, uma fina alegria que corroeu, carcomeu seu corpo até ele ficar leve e suave feito uma cápsula finíssima.

Ela se sentiu de repente tentada a tirar suas roupas. Isso só para si mesma, só pela sensação de estar perto de si, de estar só consigo mesma num quarto escuro. Sentiu-se excitada pelo modo como as roupas deslizavam ao chão com um leve crepitar; foi uma ternura que avançou alguns passos para a escuridão afora, como se buscasse alguém, mas pensou melhor e voltou apressadamente para aconchegar-se no próprio corpo. E quando Verônica, logo depois, levantou novamente seus vestidos com um saboreio hesitante, as saias eram algo como escondedouros, com dobras e frufrus onde seu próprio calor estava retido, como poças em socavões escuros, erguendo-se ao seu redor como espaços de bolhas espumosas; escondedouros onde ela se agachava, e quando, às vezes, seu corpo tocava furtivamente aqueles invólucros, cruzava-o um frêmito sensório, como luz oculta que bruxuleia pela casa, filtrando, inquieta, pelas venezianas fechadas.

Era essa a peça. O olhar de Verônica procurou automaticamente o lugar na parede onde estava o espelho e não encontrou sua própria imagem; não viu nada... talvez um fulgor equívoco e deslizante no escuro, mas talvez também aquilo fora um engano. A escuridão preenchia a casa como um líquido pesado e ela não parecia estar nele em lugar algum; começou a andar, e em toda parte havia só a escuridão, em parte alguma ela estava, mas mesmo assim não sentia nada a não ser a si

Raul Cassou. *O Espelho*. Gravura em metal, 27,5 x 35 cm, 2017.

própria, e onde quer que andasse, tudo era ela e não era, como palavras não faladas por vezes aparecem em meio à mudez. Foi assim que, certa vez, havia falado com anjos, quando estava doente, naquela vez eles rodearam sua cama, e um som finíssimo soava nas asas angelicais, mesmo que não se movessem, um som delgado e alto que fraturava as coisas ao meio. As coisas se desintegravam como pedras ocas, o mundo todo estava espalhado ali, estilhaçado como conchas, e somente ela se contraía; consumida pela febre, desfiada em fiapos finos como a folha de uma rosa ressequida, tornara-se translúcida para o seu sentimento, sentiu simultaneamente o corpo de todos os lados e adensado em algo minúsculo, como se o segurasse em uma das suas mãos, e ao redor estavam homens com asas que farfalhavam suaves tal fios de cabelo estalando. Para os outros, tudo isso não parecia existir; como uma grade rútila que deixa o olhar fitar o exterior, aquela ressonância se postava diante de tudo aquilo. E Johannes falava com ela como com alguém que precisa ser poupado e que ninguém leva a sério; no quarto ao lado Demeter ia e voltava, ela ouvia seus passos desdenhosos e sua voz alta e ríspida. E sempre tinha só a sensação de que anjos a circundavam, homens com mãos maravilhosamente emplumadas e, ao passo que os outros a julgavam doente, eles mesmos pareciam formar, onde quer que estivessem, um círculo invisível que se tencionava ao redor e através de tudo. E já então lhe pareceu que tivesse alcançado tudo, mas foi apenas uma febre e compreendeu que tinha de ser assim quando a febre passou novamente.

No entanto, agora havia algo desse estado doentio na própria sensualidade com que ela sentia a si mesma. Recolhendo-se cuidadosamente, evitou os objetos, percebendo-os já de longe; havia nela um tranquilo dissipar-se e um esvaziar da esperança e, diante daquilo, tudo lá fora tornava-se vazio e estilhaçado e, atrás, tudo era mole como o forro de plácidas cortinas de seda desfiada. Pouco a pouco, tudo se tornou cinzento e amenizado graças à luz do alvorecer na casa. Ela estava no alto na janela, a manhã levantava-se; as pessoas passavam em direção ao mercado. De vez em quando, uma palavra chegava até lá em cima, onde estava; então se curvava, como se quisesse evitá-la, recuando para o fundo crepuscular.

E silenciosamente algo começou a envolver Verônica, havia nela uma nostalgia tão carente de propósito e desejo quanto a doída e indefinida contração do ventre antes das regras. Pensamentos bizarros a atravessaram, arrastando-se: amar daquele jeito, somente a si mesmo, é como se pudéssemos fazer tudo na frente de outra pessoa; e quando surgiu em meio àquilo tudo, como um rosto rígido e desforme, a derradeira lembrança de que havia matado Johannes, ela não se assustou – apenas se feriu; ao vê-lo, era como se houvesse se visto de dentro, cheia de coisas repulsivas e de vísceras entrelaçadas como grandes vermes, mas, ao mesmo tempo, observou aquele ver-se a si mesma e sentiu horror, porém, mesmo nesse horror de si própria, algo havia de inexorável que originava no amor. Um cansaço redentor se alastrou sobre si, ela submergiu em si mesma e estava envolta por aquilo que havia feito, como se fosse um manto de pele friíssima, tudo muito triste e afetuoso, um tranquilo estar-consigo, um suave luzir... como quando amamos ainda alguma coisa da nossa dor e sorrimos em meio à amargura.

E quanto mais claro amanheceu o dia, mais improvável lhe pareceu que Johannes estivesse morto, aquilo se reduzia a uma música tênue que acompanha tudo em um fundo remoto de que ela já estava se extraindo. Naquele vínculo que, mais uma vez, recuara para uma imensa e inconcebível distância era como se entre os dois se abrisse também uma última fronteira. Sentiu uma voluptuosa moleza e uma incomensurável proximidade. Mais ainda do que a proximidade de um corpo, era uma cercania da alma; era como se olhasse de dentro dos olhos dele para si mesma, sentindo, a cada toque, não apenas a ele, mas de um modo indescritível também a sensação que ele tinha dela, e parecia-lhe como uma união espiritual enigmática. Pensava às vezes que ele fosse seu anjo da guarda, que veio e partiu depois que o havia percebido, e que ele estaria, apesar de tudo, sempre com ela, ele a olharia sempre que ela tirasse as roupas, e ela, ao caminhar, o traria sempre debaixo de suas saias; o olhar dele seria tão terno quanto o brando e constante cansaço. Ela não pensava isso dele, não o sentia, não pensava nada desse Johannes indiferente, mas havia nela uma tensão pálida e acinzentada, e quando os pensamentos passaram, eles se alinharam claros como figuras escuras contra o céu de inverno. Linha contra linha, uma bainha. Terna como um tatear. Foi um leve alçar-se para fora... um tornar-se mais forte, mas mesmo assim um estar ausente... um nada e mesmo assim tudo...

Ela estava sentada muito tranquila, brincando com seus pensamentos. Há um mundo, algo oblíquo e remoto, um outro mundo ou apenas uma tristeza... paredes como que pintadas de febre e fantasias, entre essas paredes as palavras dos sãos

Maria Tomaselli. *Manto*. Gravura em metal,
20 x 27 cm, 2017.

não ressoam, tombando, vazias, no chão, como tapetes pesados demais que impedem os gestos de prosperar; um mundo todo película, repleto de ecos, onde ela andava em companhia dele, e a tudo que ela fazia se seguia, naquele mundo, uma quietude, e tudo o que pensava deslizava perpetuamente, como sussurros em tortuosas galerias.

○ ○

E quando tudo havia ficado claro, pálido e amanhecido, veio a carta, uma carta como tinha de vir, Verônica compreendeu imediatamente: como tinha de vir. Alguém bateu na porta, rasgando o silêncio, como uma rocha quebra uma fina camada de neve; pelo portão aberto, o vento e a claridade sopraram para dentro. Na carta estava escrito, quem és tu, eu não me matei? Sou como alguém que encontrou o caminho da estrada. Estou fora e não posso voltar. O pão que eu como, o barco marrom-escuro que está na praia e que devia me levar para o alto mar, as coisas quietas e vagas, as coisas pulsantes e quentes que não se enrijeceram prematuramente, tudo que é ruidoso, vívido ao redor, tudo me segura com firmeza. Conversaremos sobre isso. Tudo está ali fora, simples e sem nexo, e empilhado como uma pilha de escombros, mas tudo isso me contém como um poste hirto, bem ancorado e enraizado…

Havia ainda outras coisas na carta, mas ela via tão somente esta única: achei o caminho da estrada. Isso trazia, por mais que viesse numa tênue sugestão, algo desdenhoso, havia ali algo brutal e sem consideração, naquele salto redentor para longe dela. Não era nada, nada, era apenas como de manhã, quando as coisas esfriam e alguém começa a falar alto porque o dia chegou. Era algo definitivo e acabado para alguém que agora observasse aquilo com sobriedade; a partir daquele instante e por muito tempo, Verônica não pensou nada nem sentiu nada; apenas um imenso silêncio brilhava ao seu redor, silêncio interrompido por nenhuma ondulação, pálido e sem vida, como açudes que se estendem mudos no alvorecer.

Quando acordou e voltou a pensar, tudo ocorreu mais uma vez, como se embaixo de um maciço casaco que lhe tolhia os movimentos, e como mãos inúteis que estão sob um envoltório de que não conseguem se desvencilhar, seus pensamentos se emaranharam. Ela não encontrou o caminho para a realidade simples. O fato não era que ele não tinha se matado, que estava vivo, mas havia algo na existência dela, um calar, um submergir adicional – algo calou em si e submergiu na polifonia murmurante de onde as coisas mal haviam se alçado. Súbito, ouviu aquilo de todos os lados. Era como aquela galeria estreita que outrora havia percorrido, mais tarde rastejando, e depois veio um alargar-se, suave alçar-se e erguer-se, e eis que novamente se fechou. Parecia-lhe, apesar do silêncio, como se houvesse pessoas ao seu redor a falar sempre baixinho. Não entendeu o que diziam umas para as outras. Era maravilhosamente familiar não entender o que diziam. Seus sentidos estavam estendidos em lisas e finas extensões que aquelas vozes raspavam, como galhos que farfalham no revolto cipoal.

Rostos estranhos apareceram. Eram todos rostos estranhos, a tia, amigas, conhecidos, Demeter, Johannes, conhecia-os a todos, mas mesmo assim ali estavam aqueles rostos estranhos. E teve medo deles, como alguém que teme ser tratado com severidade. Esforçou-se para pensar em Johannes, mas não conseguia imaginar qual havia sido seu aspecto há poucas horas, ele se dissolveu e se confundiu com os outros; lembrou-se que ele a deixara ao partir para longe, como se houvesse penetrado uma multidão; parecia-lhe como se, de algum lugar, os olhos dele devessem olhá-la, ardilosos e furtivos. Com aquilo na sua frente, retesada em algo minúsculo, queria se recolher para dentro de si, mas ela só se sentia como uma nitidez que suavemente derretia.

E, aos poucos, perdeu de todo o sentimento de ter sido algo diferente. Ela mal podia distinguir-se dos outros e todos aqueles rostos eram quase indistinguíveis uns dos outros, emergiam e desapareciam uns nos outros, eram para ela repulsivos como cabelos mal penteados, mas mesmo assim ela se enredou neles, respondeu-lhes, aos que não compreendia, só desejava fazer alguma coisa, havia nela uma inquietude que queria escapar por debaixo de sua pele como milhares de minúsculos animais, e sempre, como se novos, emergiam os rostos velhos e toda a casa estava plena daquela inquietude.

Levantou-se de sobressalto, dando alguns passos. E, de repente, tudo calou. Ela chamou e ninguém respondeu; chamou de novo, mas não ouvia a si mesma. Olhou ao redor, procurando, e tudo estava imóvel nos lugares de sempre. E, mesmo assim, sentia a si mesma.

O que veio então foi, no início, uma tontura breve que durou alguns poucos dias. Um esforço às vezes desesperado para lembrar o que teria sido o que realmente sentira naquela única vez e que coisa teria feito para ocorrer daquela forma. Verônica andava inquieta pela casa naqueles tempos; havia vezes em que se levantava à noite e perambulava pela casa. Mas somente de vez em quando sentia a nua desolação das peças caiadas que se erguiam ao seu redor sob a luz de velas, e em cujo entorno a escuridão pendia em farrapos; sentiu então algo de uma volúpia berrante, algo que pairava alto e imóvel pelas paredes. Quando se punha a imaginar o piso escorrendo sob seus pés descalços, conseguia às vezes ficar quieta por minutos, refletindo, como se quisesse prender com o olhar um lugar único no fluxo de água que lhe corria sob os pés; então, uma vertigem a arrebatou e brotava daqueles pensamentos que já não lograva captar, e somente quando seus dedos se cerravam nas frestas do piso, sendo tocados pelo pó fino e macio, quando as plantas dos seus pés sentiram as rugosidades impuras do chão, sentiu outra vez certa leveza, como se recebesse um golpe em seu corpo desnudo.

Mas, aos poucos, sentiu apenas a presença, e a lembrança daquela noite não era algo cujo retorno ela esperasse, mas apenas a sombra de oculta alegria consigo mesma, que ela conquistara na realidade em que vivia. Às vezes, aproximava-se da porta de entrada que estava trancada e escutava, até ouvir um homem passar. A ideia de que estava ali, somente de camisola, quase nua e com a parte de baixo aberta, enquanto alguém passava lá fora, logo ali, bem pertinho, separado dela somente por uma tábua, quase a lançava em contorções. A coisa mais enigmática, no entanto, parecia ser, para si mesma, que havia algo dela ali fora também, pois um raio de sua luz tombava através da fina fresta do ferrolho e, nele, o fremir de sua mão devia deslizar, tateando, por sobre as vestes do transeunte.

E, certa feita, veio-lhe o repentino pensamento de que agora estava sozinha em casa com Demeter, com aquela confusão de vícios. Ela estremecia e ocorreu, daí em diante, de eles se cruzarem com mais frequência nas escadarias. E também se cumprimentavam, mas só com palavras de todo insignificantes. Somente uma vez ele parou perto dela, e os dois tentaram encontrar algo para dizer. Verônica notou o joelho dele nas calças de equitação e seus lábios, que eram como de um corte sangrento, curto e espesso, e pensava como estaria Johannes, já que com certeza ele virá; como algo imenso e gigantesco, ela viu naquele instante a ponta da barba de Demeter contra o plano leitoso das vidraças. E, passados alguns instantes, continuaram a andar, sem que tivessem trocado sequer uma palavra.

dois ensaios

por KATHRIN ROSENFIELD

a sensorialidade das metáforas

robert musil: a voz andrógena de clarice lispector?

A felicidade do escritor é a emoção transformada por inteiro em ideia, e a ideia que retorna por inteiro à emoção.

Thomas Mann, *Morte em Veneza*[1]

O poeta tem que suportar com orgulho impassível o fato de que muitas coisas não lhe são possíveis, que ele falhou em dizê-las e que elas perecerão com ele.

Robert Musil[2]

No início de 1911, Musil publicou seu segundo livro, *Vereinigungen* (Uniões), um volume com dois contos que narram as experiências íntimas de duas mulheres. O fracasso desse livro junto ao público provavelmente ressoa no aforismo da epígrafe acima, que hoje sublinha o risco e a precocidade do experimento vanguardista:

[...] resultou disso tudo: uma peça cuidadosamente executada, que continha, sob a lupa (de uma leitura atenta, ponderada e que sopesasse cada

1 *Der Tod in Venedig*, p. 90, de uma anotação no diário de R. Musil, datada provavelmente de 1918; cf. *Tagebücher I*, p. 477. Tradução nossa, como é o caso sempre que não for informado outro tradutor.

2 *Kleine Prosa und Schriften*, p. 1466.

palavra), um múltiplo do conteúdo aparente. Eu não fizera nada para aliviar [a leitura]. Muito pelo contrário, até mesmo a interpunção recusava ao leitor um conteúdo estruturado, oferecendo-lhe apenas a estrutura que corresponde à regra escolhida para a composição[3]. Recusei inclusive uma demanda cuidadosa, amável e sábia do editor.

Para mim, resultou disso um fracasso considerável.[4]

Uma das razões desse fracasso é a aptidão do autor/homem para entrar na mente e no corpo de suas personagens/mulheres – uma aptidão repreensível na era do patriarcado (já fragilizado), que ainda hoje é raramente tolerada e, por isso, pouco valorizada. Um testemunho eloquente dessa denegação é o lapidar comentário de duas linhas de Thomas Mann depois da leitura de *Uniões*: "não absorvi nada", escreve Mann, "excesso de gênero feminino"[5]. O comentário, claramente reativo, deveria nos fazer pensar a respeito do estigma social que impede a identificação do homem com a mulher, pois os livros de Mann mostram seu potencial de se metamorfosear. E Musil tinha razão em considerar *Uniões* como um complemento feminino de *A Morte em Veneza*.

Posteriormente, Musil reconheceu seu erro, mas também sabia que seu modo de sentir e pensar ganharia interesse com o tempo. A tradução dessa obra – aqui apresentada pela primeira

3 A lei da composição consiste na supressão do arco narrativo como cadeia de ações com causas e consequências; apoia-se apenas em estados íntimos, na expansão flutuante de sensações e reflexões descontínuas, em sentimentos e atmosferas difíceis de captar em palavras e resistentes a raciocínios coerentes.
4 R. Musil, *Kleine Prosa und Schriften*, p. 696.
5 A anotação é de 10 de fevereiro 1920; os diários de Thomas Mann documentam que ele tentara ler *Uniões* entre 29 de janeiro e 10 de fevereiro. Cf. Karl Corino, *Robert Musil: Eine Biographie*, p. 921 e 1730, nota 190.

vez em língua portuguesa – me levou a crer que o insucesso dessas novelas junto ao público representa na carreira do autor um momento de bloqueio produtivo e uma mediação importante para sua obra-prima posterior, *O Homem Sem Qualidades*. *Uniões* talvez seja uma obra relevante na época atual, na qual os conflitos de gênero se acirram, polarizando as vozes femininas e as masculinas. Em inúmeras passagens das obras de ambos os autores, cujas vidas estavam separadas por mais de trinta anos, reina um tom sororal-e-fraterno: um acorde que confunde a voz de Musil com a de Clarice Lispector, tornando irreconhecíveis a diferença e a identidade dos respectivos autores, apesar das grandes diferenças de estilo e concepção de suas obras. O fato sugere que um homem pode, sim, entrar na mente feminina e vice-versa. O interesse de Musil não era devassar a intimidade feminina, mas encontrar dimensões da existência onde os desafios são os mesmos para homens e mulheres. Nas grandes questões da razão e da loucura, do amor e da paixão, da fidelidade e da traição, homens e mulheres enfrentam uma zona quase incomunicável – não só do outro, mas também de si mesmos: "O que foi pessoalmente decisivo [no conto sobre Claudine] é que eu, desde o início, entendia o adultério como o problema mais amplo da traição de si. Da relação do ser humano com seus ideais."[6]

Eis o que escreve Musil 25 anos depois, em 1935, ainda glosando seu fracasso com esse audaz experimento artístico e filosófico.

Não é fácil para o público de hoje ler essas novelas, pois todos associamos Musil às ironias do grande romance: o

6 R. Musil, *Kleine Prosa und Schriften*, p. 972.

brilhante retrato da Áustria na iminência da Primeira Guerra Mundial e de toda a transformação da sociedade europeia do entreguerras. *Uniões* parece ter pouco ou nada a ver com essa e com as outras obras do autor, de *Die Verwirrungen des Zöglings Törleß* (O Jovem Törless) a *Die Amsel* (O Melro) e *Drei Frauen* (Três Mulheres). *Uniões* é um livro pouco lido e, mesmo entre musilianos mais devotados que conhecem inclusive os *Ensaios* e os *Diários*, é difícil encontrar quem se lembre dele.

Os dois contos de *Uniões*, escritos entre 1908 e 1910, sempre suscitam um olhar de incredulidade, como se não pudessem pertencer à obra do autor de *Der Mann ohne Eigenschaften* (O Homem Sem Qualidades). E, de fato: o que há em comum entre esse peculiar fluxo de consciência – ainda muito próximo do estilo simbolista de Mallarmé – e o humor mordaz do romance maduro, com sua magnífica reconstrução do sistema social em fermentação entre 1913 e 1933? Admiramos Musil pela lúcida radiografia da cultura austríaca (e europeia), que mostra, já antes e logo depois da Primeira Guerra Mundial, os sinais do fascismo e do totalitarismo por vir, ao passo que as novelas nos introduzem num mundo íntimo: na intimidade do corpo e do espírito de duas mulheres.

Uniões: Dois Contos Experimentais e Suas Afinidades Com a Obra de Clarice Lispector

O volume *Uniões* reúne dois contos: "Die Vollendung der Liebe" (A Perfeição do Amor) e "Die Versuchung der stillen Veronika" (A Tentação da Quieta Verônica). Nas mãos de um outro autor, elas poderiam ter recebido um enredo psicológico tradicional. Nessa tradição narrativa, os traumas sexuais que Claudine e Verônica viveram na pequena infância explicariam sintomas posteriores: fantasias eróticas precoces são despertadas pela percepção dos genitais de um cão e pela observação da cópula do galo com as galinhas; dali nascem as inquietações e as angústias e, mais tarde, os sintomas. Assim se explicaria como é atiçada e desorientada a sexualidade adolescente e a vida amorosa posterior, a ponto de Claudine e Verônica terem dificuldade de achar o amor verdadeiro. As duas tramas narradas começam já na idade adulta delas. Ainda jovens, mas já experientes em matéria de sexo e amor, suas respectivas heroínas vivem uma crise: o grande amor – o amor único que permite a entrega de corpo, alma e mente ao homem amado – se apresenta, mas com ele refluem as confusões do passado que ameaçam a realização do amor.

As duas heroínas apresentam destinos invertidos, com a possibilidade de um final feliz no primeiro caso (Claudine) e de um desfecho terrível, esquizofrênico, no outro (Verônica). Claudine procura salvar o precioso cristal do seu amor pelo marido das pulsões quase ninfomaníacas que dominaram sua vida jovem, e ela usa toda a sua inteligência e sensibilidade para passar a limpo o caos interior numa paradoxal autoanálise que deixa retornar o passado. Sua liberdade interior vai tão longe que ela se permite mais uma infidelidade durante uma curta viagem – apenas para medir a distância que separa seu antigo modo de ser do atual. Com esse paradoxal percurso, ela compreende e suspende o passado. Ela "perfaz" o vir-a-ser do amor único que a une ao marido, e tudo indica que ela voltará – livre e segura – à vida com ele.

No caso de Verônica, as mesmas causas levam a um desfecho bem diverso. Ela se fecha em uma vida ilusória, sobrepondo ao homem de carne e osso idealizações fantasiosas que impedem o contato erótico real e terminam por afastá-lo. Ao noivado recusado substitui-se uma união delirante sob o signo (romântico, wagneriano) da morte. Ela imagina o amado cometendo suicídio e vive essa morte imaginária como o orgasmo de uma união extática na qual se confundem impulsos sadomasoquistas com desejos místicos.

Eis, porém, a trama psicológica que Musil *não* conta. O artista em Musil recusa os enredos que o gosto do público e suas curiosidades demandam. Remando contra o consumismo literário, ele experimenta uma forma artística inteiramente nova, deixando subsistir da narrativa tradicional "apenas uma sequência emocional, uma sequência de atmosferas, de onde surge, no limite, a aparência de uma conexão causal"[7], diz o autor em uma de suas anotações sobre "Das verzauberte Haus" (A Casa Encantada), o conto precursor de "A Tentação da Quieta Verônica".

O experimento faz parte de uma reflexão aprofundada sobre os esquemas típicos do romance realista e naturalista, sobre os modos de representar emoções e encenar dramas sentimentais, e sobre as tipologias do romance psicológico (que Musil critica pelo reducionismo pseudocientífico do enredo e pela pobre gama de elos causais entre trauma e sintoma). Musil rivaliza com Freud, porém não como paciente que nega seus sintomas nem como psicólogo. Sua competição está no âmbito da arte: ele procura dar forma a uma experiência peculiar que

7 R. Musil, *Kleine Prosa und Schriften*, p. 1311.

Marcos Sanches. *Verônica, Claudine, Lucrécia e a Lua* (*Morro*). Gravura em metal, 35,5 x 43,2 cm, 2017.

(pelo menos no caso de Claudine) transcende em complexidade e significância o domínio da patologia e também os modelos explicativos da psicanálise. Embora louvasse Freud por ter criado uma linguagem que permitia falar do corpo, do sexo e de suas relações com a inteligência afetiva e cognitiva, Musil formulou cedo uma série de críticas pertinentes a respeito da validade epistemológica da primeira teoria psicanalítica[8]. Como Canetti, ele lamentou a banalização que as análises clínicas sofreram na rápida divulgação (a "praga psicanalítica"[9]). Há, portanto, razões válidas (não apenas denegações sintomáticas) que desencadearam a objeção do artista às descobertas da clínica psicológica e à "ciência" psicanalítica[10].

Recusando a satisfação fácil do romance psicológico e do gosto do público, Musil obriga o leitor a encontrar seu caminho na desorientação de fluidos estados de alma. A compreensão dos enredos exige imperiosamente que o leitor mobilize suas próprias experiências análogas e que lance mão de sua imaginação fantasmática normalmente reprimida. É essa liberdade

8 Musil elogia "a grande importância de Freud" (*Tagebücher I*, p. 749), mas também critica certo "diletantismo" de sua teoria em matéria epistemológica (ibidem, p. 787, 1011).

9 E. Canetti, *O Jogo dos Olhos*, p. 152.

10 Além das leituras de Freud, Musil dispõe de seus próprios conhecimentos em psicologia experimental, ademais de intensas incursões nas teorias e relatos clínicos de William James, ou Konstantin Österreich, cujas metáforas usadas no relato do "Caso Ti" Musil empresta literalmente. Cabe lembrar também que os artistas vienenses dispõem de muitas informações científicas e se distinguem de outras vanguardas, mais fechadas em discussões meramente artísticas, pela ambição de descobrir e dar forma a conhecimentos relevantes também nas áreas científicas. Eric Kandel dedicou um livro recente a essas trocas artístico-científicas em Viena, destacando sobretudo Klimt, Schiele e Kokoschka, Kafka, Hofmannsthal e outros escritores – infelizmente sem nenhuma menção a Robert Musil.

sensual, sentimental e intelectual que lhe permite decodificar esses prazeres torcidos – pelo menos em algum canto escuro de sua alma. Apenas assim o magma das sequências atmosféricas começa a fazer sentido e as experiências perversas, onírico-reais, das heroínas revelam sua lógica interna – sensível-e-mental ("senti-mental", diz Musil, forjando um neologismo que antecipa e desconstrução)[11].

É o que anota o autor no esboço do seu programa para uma nova estética. Assim, ele nos lança de chofre nos labirintos da voz murmurante de Verônica (e da heroína precursora, Vitória, na primeira versão da mesma história, "A Casa Encantada"). O título desse conto, publicado primeiramente na revista *Pan*, em 1908, já é uma metáfora para o estado alterado de Verônica no conto do volume *Uniões*, "A Tentação da Quieta Verônica".

Aceitando o desafio do artista, é possível perceber a imensa diferença que separa um "caso" clínico das histórias singulares que saíram da pena de um grande artista. Ele nos introduz na vida única e incomparável, naquilo que é inimitável em cada ser humano e que não se repete em outros casos.

As emoções, a sensibilidade e a inteligência femininas nunca foram apreendidas com tamanha precisão e empatia – nem antes e talvez nem depois de Musil –, embora a tradução de *Uniões* ofereça aos leitores brasileiros a surpreendente descoberta das insuspeitadas afinidades que vinculam a obra à sensibilidade dos romances de Clarice Lispector: inúmeras passagens de *Uniões* soam tão familiares que poderíamos interpolá-las nos textos de *Perto do Coração Selvagem*, *A Cidade Sitiada* ou *A Paixão*

11 R. Musil, *Kleine Prosa und Schriften*, p. 1336.

Segundo G.H., sem que o leitor brasileiro percebesse a alteração do texto clariciano. Até mesmo especialistas da obra de Clarice se deixaram enganar e leram o texto de Musil como uma típica narrativa da autora. A seguir, apenas alguns exemplos do mimetismo involuntário que permite passar – despercebido – de um parágrafo de *Perto do Coração Selvagem*, de Clarice, a um outro de "A Tentação da Quieta Verônica", de Musil:

Ainda não se cansara de existir e bastava-se tanto que às vezes, de grande felicidade, sentia a tristeza cobri-la como a sombra de um manto, deixando-a fresca e silenciosa como um entardecer. Ela nada esperava. Ela era em si, o próprio fim.

Ela estava sentada muito tranquila, brincando com seus pensamentos. Há um mundo, algo oblíquo e remoto, um outro mundo ou apenas uma tristeza... paredes como que pintadas de febre e fantasias, entre estas paredes as palavras dos sãos não ressoam, tombando, vazias, no chão.

E foi tão corpo que foi puro espírito. Atravessou os acontecimentos e as horas imaterial, esgueirando-se entre eles com a leveza de um instante.

Um cansaço redentor se alastrou sobre ela, ela submergiu em si mesma e estava envolta por aquilo que havia feito, como se fosse um manto de pele friíssima, tudo muito triste e afetuoso, um tranquilo estar-consigo, um suave luzir...

E sempre no pingo de tempo que vinha nada acontecia se ela continuava a esperar o que ia acontecer.

[...]

Mal se alimentava e seu sono era fino como um véu. [...] *Procurou-se muito no espelho, amando-se sem vaidade.*[12]

12 Os parágrafos em itálico são de Clarice Lispector, *Perto do Coração Selvagem*, respectivamente p. 55, 73, 5 e 73.

> Depois procurou automaticamente o lugar na parede onde o espelho estava e não encontrou sua própria imagem; não viu nada... talvez um fulgor equívoco e deslizante no escuro, mas talvez também aquilo fora um engano. A escuridão preenchia a casa como um líquido pesado e ela não parecia estar nele em lugar algum.

A incrível semelhança de estilo e espírito dos dois autores que nada sabiam um do outro certamente teria saltado aos olhos da crítica clariciana se *Uniões* já tivesse sido traduzido no Brasil. "Peça audaciosa de intensidade poética", esse conjunto de duas novelas é um "texto-chave do modernismo austríaco e alemão"[13], tal como os romances de Clarice são textos-chave para a tardia modernidade brasileira. Uma melhor compreensão das novelas musilianas será, sem dúvida, relevante para chegarmos a uma nova compreensão da obra de Clarice Lispector no horizonte da cultura da Europa Central, da qual ela veio, sem conhecê-la por via direta. Não se trata de rastrear a influência do autor austríaco sobre a brasileira, mas de apreciar analogias e afinidades involuntárias. São vozes aquém do limiar da consciência e da identidade definidas, que dialogam através das ruminações das heroínas de Musil e de Clarice. As obras de ambos os autores exigem leituras lentas e contemplativas, um misto de concentração e distração que se aproxima da técnica psicanalítica: a paciência da livre associação à procura da lógica oculta de algo que nos é estranho e familiar; uma atenção flutuante que permite ativar a reflexão sensória implícita nas sinestesias sugestivas.

13 Cf. J.M. Coetzee, On the Edge of Revelation, *The New York Review of Books*, 18 dec. 1986.

Clarice teve mais sorte como autora que Musil. Quando ela se lançou nos anos 1940, seus primeiros romances foram favorecidos pelo momento histórico-literário mais propício à escritura não convencional. Na construção dos enredos, ela tomou o cuidado de alternar momentos de alienação onírica com diálogos, o que reforça certa impressão de progressão da trama. Nas novelas de Musil, o estado suspenso na irrealidade das contemplações sensíveis é o próprio conteúdo da narrativa – uma hiper-realidade contínua, na qual o leitor precisa entrar para completá-la com suas próprias experiências e reflexões.

O insucesso de Musil deve-se, portanto, em grande medida à precocidade da técnica e à demasiada exigência para o leitor. Além disso, o gosto do público na primeira década do século XX exigia ainda temas românticos ou, pelo menos, uma certa opulência emocional próxima do dionisíaco nietzschiano. Não que Musil fosse avesso às inspirações de Nietzsche – muito pelo contrário. Esse foi o filósofo que teve o mais fulgurante impacto sobre ele. No entanto, o gosto da modernidade científica e tecnológica exige estilizações. Os protagonistas morando em metrópoles, viajando pelo espaço com a velocidade de trens e automóveis, telefones e telégrafos demandam abstrações dos temas míticos de antanho – de mitos e imagens onipresentes no final da *belle époque* de Viena. Não podemos esquecer que, na primeira década do século XX, Viena é o palco de um enfrentamento bastante inglório dos modernos contra o gosto historicista. Klimt, Schiele e Kokoschka por muito tempo lutam em vão contra o pendor da imitação dos pomposos estilos do passado – da Antiguidade, suméria, grega e romana, até o Renascimento. E o movimento literário Jung Wien (Jovem Viena), embora vanguardista a seu modo, ainda preserva afinidades temáticas com esse universo. Musil vai muito mais longe na abstração e na experimentação. O que sobra dos devaneios báquicos de Makart e Rubens são apenas rápidas imagens que despojam a sensualidade de sua carnadura antropomórfica – por exemplo, o *flash* de um arbusto úmido que estimula a fantasia erótica de Claudine, com o faiscar do orvalho suspenso em gordas gotas entre o rendilhado dos galhos que se parecem com perninhas abertas. É nessa imagem "divertida" que (des)aparece o *kitsch* erótico-báquico e uma reflexão mais séria sobre o parentesco da humanidade com os animais e a natureza. O mesmo tipo de abstração das velhas imagens míticas encontramos também na obra de Clarice Lispector: a heroína Lucrécia repentinamente se expressa com gestos animais – algo como um coice de cavalo ou o voluptuoso movimento de uma cauda sedosa.

É com um paganismo moderno que Clarice e Musil precipitam suas heroínas diretamente na alteridade material, animal, vegetal. Não é mais a imaginação controlada que encontra símbolos para a identificação com certa qualidade dos animais, distanciando-se da animalidade como tal; os artistas da primeira metade do século XX começam a se colocar no animal e com o animal, parasitar sua alteridade, usurpando-a num gesto não simbólico ou, pelo menos, não totalmente simbólico[14].

14 Carlos Mendes de Souza assinalou essa peculiaridade embora ainda a articule no registro da "identificação" imaginária e pensante. Ele cita um trecho de *A Cidade Sitiada* e comenta: "Quando Lucrécia contempla o temporal, o seu pensamento vai de imediato para os equinos que estão à chuva. Daí

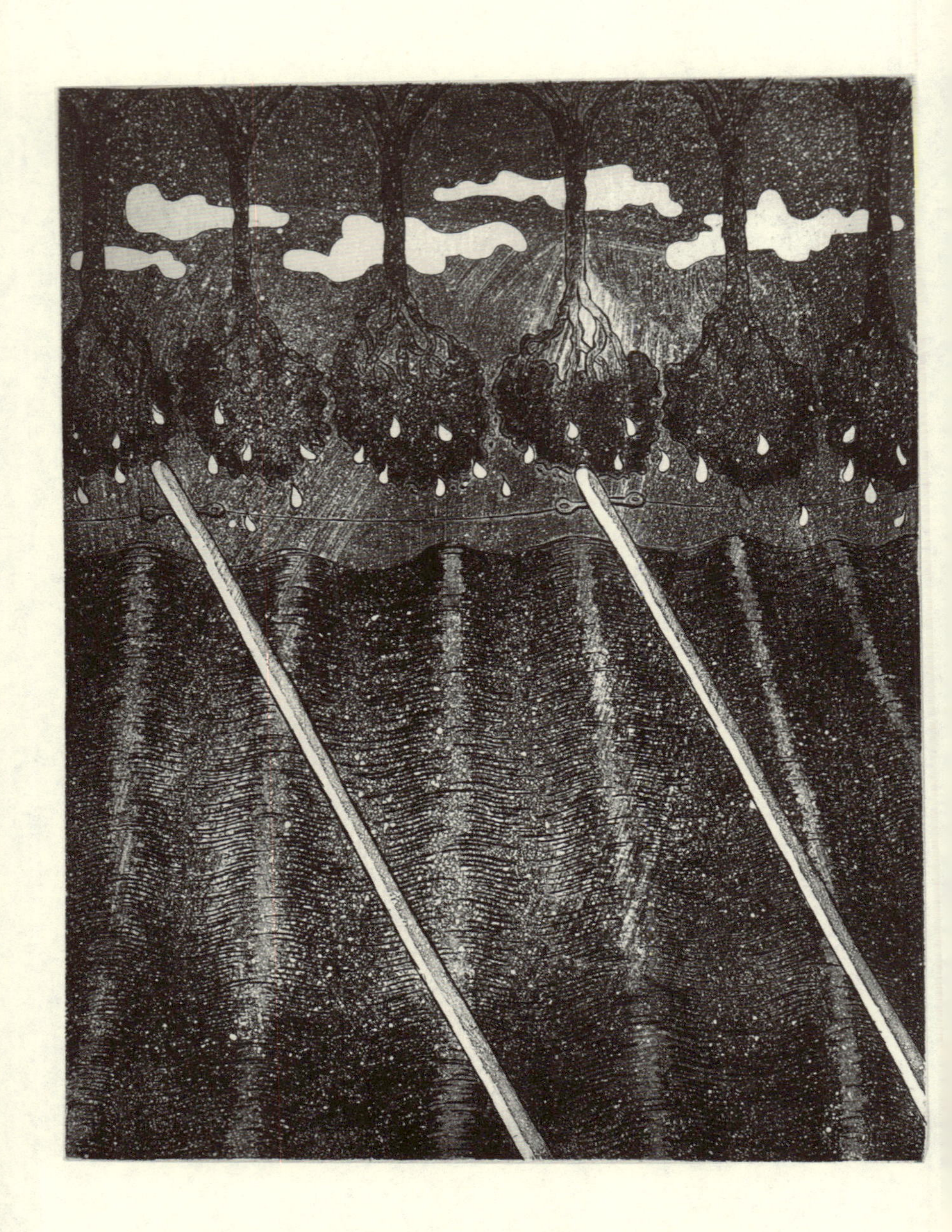

Raul Cassou. *Da Janela do Trem* (*Arbustos Invertidos*).
Gravura em metal, 27,5 x 35 cm, 2017.

Os quadros de Klee – *Cavalo e Homem, O Homem Aproximado, Perniciosas Coisas Vegetais*, entre outros – mostram claramente essa luta contra o antropomorfismo que coloca como padrão o sujeito humano e seus valores. No seu lugar, surgem criaturas híbridas suspensas entre animal, vegetal, mineral, entre sonho e fantasma, loucura alienante e reflexão consciente[15]. Todo esse imaginário cria elos que permitem transitar com mais graça e liberdade entre os gêneros, libertando-se dos rígidos padrões tradicionais que limitam o masculino e o feminino a papéis estereotipados.

No entanto, apesar das coincidências pontuais intrigantes, o projeto artístico de Musil é muito diferente do de Clarice. A autora brasileira escreve três décadas depois e já pode construir sua obra na base de uma sensibilidade treinada pelas experiências do expressionismo e do surrealismo. O imaginário zoomórfico modernista vem à tona com maior naturalidade, por exemplo em *A Cidade Sitiada*, com a esquisita e transgressora heroína Lucrécia, cujas irônicas afinidades com cavalos não se enquadram bem na sociabilidade convencional. Feminina, mas com traços viris, Lucrécia é mais livre que outras moças, indo e vindo entre a cidade e o morro do pasto[16]. Figura

um passo à identificação: ela pensa-se 'trotando atenta'." (*Clarice Lispector: Figuras da Escrita*, p. 184) Aqui talvez seja melhor formular de outra maneira: as heroínas claricianas procuram ser (não pensar e imaginar) as criaturas e coisas que contemplam.

15 Esses quadros e muitos outros despertam a curiosidade do espectador porque fundem as características humanas, animais, vegetais, ao ponto de não podermos mais distinguir o padrão de comparação ou identificação.

16 Ou seja, entre o espaço construído (civilização) e o espaço aberto, selvagem, da vida criatural dos cavalos. O comportamento de Lucrécia é muitas vezes idêntico ao dos cavalos – tênue evocação do mito da Cleópatra grega, filha

difícil de compreender e decodificar, arredia como cavalos, ela expressa suas emoções em certos momentos com gestos equinos, dando "coices secos na cauda do vestido de casa"[17]. Ela também vê o mundo como o faria uma criança ou um animal que pasta: com olhos muito próximos do chão, observando de perto as criaturas que rastejam, observando com intensidade demorada cascudos ou ratos deslizando pelos bueiros, ou descobrindo centopeias escondidas nas frestas de um muro velho. O público dos anos 1940 também está bem mais preparado que o de Musil para a narrativa inovadora, que levou o fluxo de consciência a um outro nível mais extremo. Na maioria das obras de Clarice, o modo solto de narrar dissolve o enredo, e as visões dos estados íntimos abandonam-se a associações paradoxais e mudanças de formas narrativas. A ênfase está na instável realidade da vida interior, cujos momentos de plenitude tendem a transformar-se, num átimo, na sensação de vazio. A sedimentação dessas experiências estilísticas tornou aceitáveis personagens inconsequentes, e hoje o público espera de bom grado hiatos na lógica da ação e no enredo.

Nada disso existia quando Musil escreveu suas histórias entre 1908-1910. Ademais, o autor era um artista-pensador: sua sensibilidade estética nunca abandonou o espírito analítico, cujo refinamento foi tão importante para a formação da emotividade moderna[18]. As ricas sinestesias, metáforas e imagens

de Boreu, que corre pelas colinas com as éguas suas irmãs cósmicas, velozes e livres como os ventos do pai Boreu.

17 *A Cidade Sitiada*, p. 146.

18 Formado em psicologia experimental e próximo dos fundadores da psicologia da Gestalt, Musil sabe que a complexidade e a profundidade dos sentimentos "íntimos" resulta do trabalho cultural, conceitual e intelectual que imprime

Maria Tomaselli. *O Bueiro*. Gravura em metal,
20 x 27 cm, 2017.

de Musil sempre convergem para alguma reflexão sutil, teórica ou epistemológica, e o autor compartilhou com os primeiros inovadores vanguardistas o apreço pelas formas históricas contra as quais as inovações emergem. Assim, a radicalidade experimental e abstracionista de Musil sempre mantém, como os quadros de Picasso ou de Kokoschka, um diálogo com a história da composição figurativa, temática e estilística.

às sensações pouco diferenciadas novos perfis psicológicos que, por sua vez, assumem sentimentos éticos e sociais. Toda a obra de Musil gira em torno da associação wittgensteiniana do estético e do ético. No final de sua vida, refletindo sobre a inglória luta literária com a qual tentara articular sua oposição às tendências fascistas que desembocaram no nazismo, Musil volta a essa reminiscência juvenil: "Desde minha juventude, considerei que o estético é o ético" (*Tagebücher I*, p. 777). Cf. L. Wittgenstein, *Tractatus logico-philosophicus*, 6.421: "É claro que a ética não se deixa dizer. / A ética é transcendental. / (Ética e estética são a mesma coisa)."

o projeto estético de musil e suas fontes histórico-literárias

Como já mencionamos, *Uniões* dispensa apelos ao gosto popular e recusa simplificar o problema demasiadamente complexo dos abismos que existem entre homens e mulheres, entre seres humanos e também no interior de cada indivíduo. É claro que o autor não esperava um público amplo, mas tampouco esperava não encontrar nenhum público! Até o fim de sua vida, considerava os contos de *Uniões* uns de seus melhores escritos, e gostava de reler uma ou outra passagem, embora concordasse que o todo era enervante e exigia demais do leitor. "O erro deste livro é o de ser um livro: o fato de que tem capa, costas, paginação. Deveríamos colocar entre vidros algumas das páginas, espalhá-las e trocá-las de vez em quando."[1]

Vejamos, portanto, de onde surge o inquietante e quase enervante exercício experimental de *Uniões*. O autor cria um ponto de vista paradoxal: um narrador objetivo e quase frio conta em terceira pessoa (de fora) as histórias de duas mulheres às quais somente a experiência mais íntima e a própria voz dessas personagens poderiam ter acesso. No entanto, convém sublinhar, trata-se de uma terceira pessoa que se concentra no centro sensível e intelectivo de duas mulheres: a mesma arte

1 R. Musil, *Tagebücher* I, p. 347.

do ponto de vista que encontramos em Henry James, ainda que muito mais abissal. Ele procura dar valor objetivo à introvisão sensória do corpo, da alma e do intelecto feminino, apresentando essas aventuras íntimas como fatos que precisam ser levados a sério. Não há no seu observador distanciado nada do voyeurismo masculino que projeta suas fantasias eróticas sobre simulacros de feminidade; o alvo de Musil não é a participação emotiva nos orgasmos de Molly Bloom ou nos sonhos de Swann com Odette nem nos delírios de ciúme de Marcel com Albertine. É o mundo das próprias mulheres que se debruçam sobre seu erotismo e sobre as complicações dos afetos sob a lupa da reflexão e da experiência de mundo *femininas*.

Essas comparações com Joyce e Proust, as mais conhecidas personagens do modernismo literário, merecem talvez um desenvolvimento especulativo. Diferentemente desses romancistas, Musil não constrói seu narrador na proximidade de uma personagem real ou realística, porém faz de Ulrich um caleidoscópio de seu tempo – a abstração ficcional de um homem sem qualidades, cuja mobilidade afetiva, mental e intelectual contradiz o "caráter" unificado dos heróis realistas do século XIX. A mobilidade emocional e intelectual das heroínas Claudine e Verônica já anuncia a impressionante riqueza senti-mental que o público admira na obra musiliana. Ela é o resultado de experimentos e reflexões com inúmeros estilos de diversas linhagens literárias (e não literárias). Dispensando as convicções dos manifestos vanguardistas, Musil toma tanto dos românticos "hipersensíveis" (artistas como Hölderlin e Novalis) como dos modernos bizarros (Kleist e Kafka) e dos expressionistas; ele aprende com o imagismo e o simbolismo de Rilke (de *Orpheus, Euridike, Hermes*; e das *Elegias de Duino*) tanto quanto com o "outro" Rilke, sóbrio e duro, de *Die Aufzeichnungen des Malte Laurids Brigge* (Os Cadernos de Malte Lurids Brigge). Isso não porque teria um gosto eclético, mas porque o foco do seu interesse e de sua arte são as problemáticas transições entre sóbria objetividade (prática, pragmática, científica) e o claro-escuro das emoções (do sentimentalismo à elevação mística; do ressentimento às paixões primárias). A obra musiliana mostra em quais subterrâneos se alojam os extáticos pendores do mundo moderno e do homem contemporâneo, mas reúne na mesma obra as diversas facetas que se encontram isoladas nas obras dos representantes do modernismo: Kafka, Rilke, Walser, Döblin, Proust e Joyce.

São traços desses autores – a promiscuidade, o adultério, a homossexualidade e o sadomasoquismo, em suma, os motivos eróticos e sobretudo transgressivos tão comuns na época – que se encontram tanto no *Törless* como em *Uniões*. Interessante constatar, contudo, que Musil, por sua parte, considerava irrelevantes as muito comentadas semelhanças temáticas do *Törless* com *Em Busca do Tempo Perdido*. Se for para falar em analogias, tal como observou Musil num esboço de carta de 30 de janeiro 1939, elas estariam nas estruturas profundas dos contos em *Uniões*: "Meu livro mais próximo de Proust talvez seja *Uniões*."[2] No entanto, tomava distância das analogias muito óbvias e limitadas:

Minha obra foi muitas vezes comparada com a de Proust; mas seria um engano pensar em influência. Até hoje não li (por razões específicas) nada mais que dez páginas dele; e meu livro mais próximo de Proust talvez

2 R. Musil, *Tagebücher* II, p. 701.

seja *Uniões* (aliás, um livro de difícil leitura) – ele foi publicado antes de Proust ser conhecido na Alemanha; no *Homem sem Qualidades* eu persegui um outro alvo [...], aí assumo um forte viés de reflexão individualista; no entanto, como sempre me esforço em confrontá-lo com o conceito da verdade, espero ter alcançado também uma forte dimensão social, embora não político-social.[3]

Antes mesmo do *Em Busca do Tempo Perdido* proustiano, as *Uniões* haviam buscado transubstanciar o presente e o passado através de sensações e sentimentos atmosféricos cuja temporalidade era dissolvida. Contudo, ainda que também aqui houvesse uma "busca do tempo perdido", ela não poderia ser confundida com a obra proustiana. Musil não concentrou sua narrativa na consciência, impressões, sentimentos e fantasias de um homem, mas de duas mulheres que possuem, ao lado de um impressionante erotismo imaginativo, uma dimensão intelectual e ética que pensa, critica, analisa suas impressões sensuais. Essa consciência feminina não existe em Proust, mas somente a do seu narrador masculino. Mas a Claudine musiliana examina toda a gênese da sua intensidade amorosa; ela rastreia como surgiu da dispersão amoral e imoral, dos desvarios do corpo e da alma o sentimento íntegro, belo e grandioso do amor. É notável na obra de Musil o amplo leque de modos femininos de sentir e pensar; suas mulheres apoderam-se do pensamento e da emoção sem sentimentalidade, de formas de expressão que estavam antes reservadas sobretudo a personagens masculinas. Em outros termos, a inteligência une-se ao erotismo *da própria mulher* – é uma agudeza que, por assim dizer, funciona como o olhar

3 Ibidem, p. 700.

feminino que acompanha e guia a voz do narrador. O olhar e o corpo feminino não se limitam a sentir, mas também observam, comparam e pensam aquilo que sentem.

A intimidade erótica das figuras musilianas é mais diferenciada (e intelectualmente exigente) que a da maioria dos autores masculinos da época[4]. Musil oferece uma gama variada de personagens, tanto os tipos tradicionais que atraem e assustam o imaginário masculinos, como as representantes das tendências emancipatórias do início do século XX. As duas metades do amplo espectro enfrentam os desafios e as contradições do seu tempo, encontrando ora soluções criativas, inteligentes e geniais (Claudine), ora estagnando em tergiversações e desvarios (Verônica). Mas à exceção de uma figura marginal (Leona[5]) não encontramos jamais na obra musiliana os tipos unilaterais da mulher sensual de Joyce ou da volúpia degradada e submissa de Kafka, nem do refinamento mundano idealizado de Proust – as quais são sobretudo projeções de fantasias masculinas. Embora abram inauditas perspectivas para a intimidade erótica, as mulheres das *Uniões* musilianas escapam por completo aos estereótipos fantasmáticos (masculinos) vindo à tona na sensualidade que se derrama no monólogo atribuído a Molly Bloom em *Ulisses* de Joyce, uma peça que provocou deliberadamente o escândalo e a curiosidade masculina e assim contribuiu, realçada pela censura, para tornar *Ulisses* tão picante para o público.

4 Exceção seria talvez a jovem admirada pelo professor de inglês em *Giacomo Joyce*, obra de James Joyce publicada postumamente.

5 Cf. R. Musil, *O Homem Sem Qualidades*, I, capítulo 6.

É difícil compreender a capacidade metamórfica do autor de *O Homem Sem Qualidades* nas obras que se seguem a esses contos. Nada se compara a esses ousados experimentos que ficam – como hieróglifos de uma pirâmide impressionante, porém incompreensível[6] – no passado de um outro tempo, anterior à catastrófica transformação da Primeira Guerra Mundial e aquém do exercício da inteligência irônica que virá a ser a marca registrada de Musil. Embora os estilos dos contos e do grande romance musiliano sejam muito diferentes e quase irreconhecíveis, o *tour de force* de *Uniões* já prepara os pivôs da grande análise romanesca da cultura europeia do entreguerras. As primeiras obras fornecem a base para o projeto musiliano (ainda romântico e iluminista) de educação estética. Como a maioria dos artistas e pensadores do século xx, Musil compartilha a esperança de que a literatura e a arte possam ter um impacto sobre a vida. Uma das condições para a melhoria das relações sociais é, no seu entender, o fortalecimento de um indivíduo livre e autônomo e de formas de arte que favoreçam um melhor equilíbrio entre a alma, o corpo e a mente. Para Musil, o valor ético da arte consiste em suscitar

6 Em *Kleine Prosa und Schriften*, p. 995-1002, na crônica "Sobre os livros de R. Musil", o próprio autor imagina uma caminhada pela paisagem do seu cérebro, onde ele mesmo e mais dois críticos encontram os vestígios das realizações literárias musilianas: "À minha direita, estava o lugar do *Jovem Törless;* ele já tinha afundado e estava coberto de cascas cinzentas; do meu outro lado, eu enfrentava a pequena pirâmide dupla das *Uniões* com seus estranhos ornamentos incrustados. Despojada nas suas linhas com obstinação, ela se parecia, coberta pelos traçados de densos hieróglifos, com um monumento para uma divindade desconhecida, erguido por um povo incompreensível que colecionara os emblemas memoriais de sentimentos incompreensíveis. Arte europeia isto não é, eu admitia, mas também, tanto faz."

o desejo e ideias de como esse equilíbrio poderia ser alcançado. Poesia é, para ele, uma forma peculiar de pensar, um pensamento que une a sensibilidade e o intelecto; literatura deve ser um sismógrafo que filtra o imaginário afetivo nos seus erros e acertos e usa o pensamento para corrigi-los. É a precisão do idioma que determina como pensamos e agimos moralmente. Musil faz da literatura um rival da psicanálise nascente e observa com ceticismo a rápida vulgarização da teoria psicanalítica e suas traiçoeiras mesclas com ideologias vagas. Assume uma quixotesca luta contra a facilidade jornalística de todos os divulgadores: Hermann Bahr e Walter Rathenau, Oskar Spengler e Ludwig Klages, entre muitos outros. Musil não desconhece a erudição nem as boas intenções desses autores, mas teme o efeito paradoxal do ensaísmo na era da comunicação de massa. Vê nele um sinal da sociedade desnorteada pelo excesso caótico de informação – esta deriva das ideias sem foco e precisão que hoje chamamos de desinformação. Os efeitos do jogo midiático incontrolável já começaram a se fazer sentir antes e depois da Primeira Guerra Mundial, e desde cedo afirmara Musil que a literatura poderia contribuir como um espaço de reflexão e de contemplação que funcionasse como antídoto à dissipação do mero entretenimento jornalístico. Os contos, escritos com todo o esmero estilístico e reflexivo, mostram que o autor ainda apostava na educação estética, embora já pressentisse que sua luta seria inglória. Porém, comprometido mais que ninguém com as aspirações do alto modernismo, Musil cultivou, da primeira à derradeira obra, o lento trabalho de elaboração poética que procura sanear os deslizes do idioma, clarear a imaginação e ordenar as associações confusas para proteger as mentes da manipulação propagandística e do cerceamento político.

Escrever e ler têm valor para ele somente na medida em que permitem passar a limpo o que vivemos de modo confuso e impreciso. As sucessivas derrocadas do Império Austro-Húngaro e da República de Weimar frustraram, entretanto, sua esperança de que a arte pudesse preencher essa função ética e amortecer os efeitos do rápido desenvolvimento científico e tecnológico sobre o imaginário tradicional cada vez mais desorientado sob o impacto das novas necessidades sociais. O tempo atropelou o projeto que Musil procurou realizar com sua obra. Mesmo assim, a abrangência e a perspicácia de *O Homem Sem Qualidades* (publicado em 1930) foi tão impressionante que Walter Benjamin registrou a exigência intelectual de Musil quase como um defeito. Em uma carta a Gershom Scholem de 23 de maio 1933, Benjamin escreve que precisa "dispensar" Musil pelo excesso de agudez: "Dispenso esse autor com a constatação de que é mais inteligente que o necessário."[7] Também Hermann Broch lamentou que a racionalidade de Musil tenha destruído o romance por excelência[8]. Três décadas depois de sua morte, Elias Canetti desmentiu esse tipo de opinião, e homenageou a incomum "distinção" do autor e de seu romance com as seguintes palavras: "Musil tinha razão em não reconhecer, em pessoa alguma, distinção superior à sua; dentre aqueles

7 W. Benjamin, *Briefe*, v. 2, p. 575.

8 Hermann Broch, *Gesammelte Werke*, v. x, p. 318s.; carta a Willa Muir de agosto de 1931. Apenas Thomas Mann, talvez para inocentar a obra ameaçada pela censura nazista, atribuiu a *O Homem Sem Qualidades* virtudes "poéticas", "piedosas", que o romance certamente não tem. Cf. Thomas Mann, *Gesammelte Werke*, v. XI, p. 782-785.

que eram considerados escritores não havia em Viena, e talvez nem em todo o domínio da língua alemã, um único que tivesse sua importância."[9]

A fama veio postumamente para esse autor que, em vida, pôde contar apenas com um pequeno público seleto, e que teve artigos e livros confiscados pelo nazismo, morrendo quase esquecido no exílio na Suíça. Apenas no final do malfadado século XX veio o reconhecimento mais amplo da majestosa reconstrução musiliana da "Kakania" – país ficcional que é tanto um apelido jocoso para o Império Austro-Húngaro como uma alegoria do mal-estar da cultura europeia – e, talvez, da pós-modernidade que ainda vivemos. Nenhuma obra superou sua análise das estruturas sociais do mundo burguês em rápida dissolução. Musil é um escritor analítico, diferente de outros autores que produziram reflexos da mesma crise, porém sem a mesma consciência lúcida das suas complexas causa e ramificações. Há uma densa continuidade que leva das obras iniciais, aparentemente mais decadentistas, intimistas e individualistas, ao romance, que sustentou suas grandes linhas, graças à experiência íntima anterior. Pois a ampla e generosa visão de mundo que tanto impressiona na obra musiliana nasce dos abalos amorosos e das intuições matemáticas e místicas de personagens como Törless, Claudine e Verônica, nos quais o jovem Musil deu forma aos seus *alter egos*. Seus desejos, esperanças e ideais continuam sendo pontos de fuga também no *Homem Sem Qualidades*. A dimensão utópica se

9 E. Canetti, *O Jogo dos Olhos*, p. 175.

nutre do esforço de tecer vínculos frutíferos entre a razão e os sentimentos, entre o corpo, o espírito e a alma.

Esse ponto merece ênfase, pois ele distingue Musil de modo significativo de muitos autores contemporâneos – não só de Proust e Joyce, que são sempre evocados como análogos equívocos, mas, sobretudo, dos autores do movimento Jung Wien (Jovem Viena) que combinaram o decadentismo à Huysmans com fantasias colhidas nas obras de Nietzsche e Klages, Bachofen e Freud. Autores como Otto Gross e Beer-Hofmann dão livre curso a um sensualismo onírico que, de quando em vez, desemboca em delírio báquico[10]. Thomas Mann, em *Morte em Veneza*, apresenta o desejo erótico como força antagônica que perturba o entendimento, como paixão que derrota a integridade moral e física. Musil, ao contrário, elabora com muita precisão as relações recíprocas entre a sensualidade e o intelecto, e mostra como a reflexão dá complexidade e profundidade aos sentimentos. O erotismo é, para ele, o motor da inteligência; o entendimento e as ideias, por sua vez, dão forma aos afetos, desdobrando-os num espectro mais amplo e diferenciado[11].

10 Sobre o contexto vienense, ver Jacques Le Rider, *A Modernidade Vienense e as Crises de Identidade*, p. 173s., em particular o capítulo "O Paraíso e o Inferno do Matriarcado: Otto Gross e Beer-Hofmann" (p. 235-244). Para a relação específica entre Musil e Nietzsche, cf. Walter Sokal, Dionysische Moral und "anderer Zustand" in Musils Roman "Der Mann ohne Eigenschaften" – Zum Nietzscheanischen Kontext von Musils Text, em: M.L. Roth; P. Béhar (Hrsg.), *Literatur im Kontext: Robert Musil*, p. 127-140.

11 A abordagem ficcional de Musil tem íntima analogia com as reflexões de Freud sobre o desejo erótico e suas relações com a pulsão de conhecimento intelectual e a sublimação. Cf. S. Freud, *Gesammelte Werke*, p. 64-96.

O Jovem Törless: A Consagração de um Grande Autor Por Vir

Quem se debruçar sobre os sucessos e insucessos que precedem o grande romance, abrirá, sem dúvida, perspectivas interessantes para compreender a abrangência de Musil. Nos primeiros anos do século XX, ele era apenas um jovem engenheiro preparando o doutorado em filosofia e psicologia experimental – uma avaliação epistemológica das doutrinas do físico Ernst Mach, pai da teoria da Gestalt. Isso muda em 1906, quando Musil ganha repentina fama artística com o romance *O Jovem Törless*, aclamado, de imediato, pelo exigente crítico berlinense Alfred Kerr. Aos olhos da maioria dos leitores, *Törless* era um romance psicológico com uma mensagem moral e social contundente: uma denúncia da educação repressiva e da hipocrisia vitoriana reinante nas instituições, na sociedade e na família. Os críticos apreciaram nessa narrativa sobretudo a dramatização dos afetos perversos tão habituais entre os alunos de colégios militares e outras escolas de elite. Os três jovens aproveitam o furto de um colega para submetê-lo a castigos que possam reerguê-lo moralmente. A reeducação moral é um pretexto para a realização de rituais de *bullying* e abuso sexual, de fantasias sádicas e do assédio moral. Os surtos sádicos reproduzem, por sua vez, a hipocrisia e a crueldade do ambiente, dando mais uma volta no parafuso das brutalidades obscenas de uma sociedade doentia. Törless mantém certa distância desse circo macabro, ora participando das sessões como observador, ora ruminando os fascinantes enigmas matemáticos dos números irracionais, ora afligindo a vítima com crueldades mais intelectuais, até, finalmente, romper o maléfico encantamento. Os três planos – do corpo, dos sentimentos e das reflexões intelectuais – se confundem como facetas diversas do mistério da experiência adolescente. Com sobriedade e precisão, Musil coloca o jovem Törless na encruzilhada entre o esteta intelectual e indiferente e o poeta-pensador capaz de enfrentar os desafios de sua sensibilidade. Musil se distancia, desde o início, do moralismo sentimental de sua época, dando-lhe uma torção "senti-mental", um misto de delicadeza emocional e de frieza racional que procura fazer jus às exigências da mente e dos sentimentos.

Nada mais natural que o interesse entusiasmado dos psicólogos e educadores. O que surpreende é a reação do autor. Musil ficou perplexo que o enredo de superfície tivesse sido entendido apenas como denúncia social e que tivesse ficado oculta por trás dessa apreciação a trama mais profunda: a desorientação perturbadora da (pré-) adolescência, que revela a indeterminação amoral do ser humano. Musil capta a natureza humana na imagem da consistência gelatinosa do "mingau", que tende a se derramar em todas as direções, aberto a todas as possibilidades – benéficas e nefastas. Diversas cartas e anotações de diário mostram seu desapontamento com o fato de que muitos leitores ignoraram a ambiguidade daqueles desvarios. Pois a novela sugere que esses jogos perversos são sintomas de disposições e estados importantes no desenvolvimento da pessoa humana. Na figura de Törless, fica claro que o sadismo e a perversão são modos tão viáveis de dar forma à curiosidade imaginária e intelectual quanto os élans místicos e amorosos. Bastam leves mudanças de foco e configuração para a mais repugnante violência transformar-se em contemplação reflexiva. Musil escreveu esse romance rápido e intuitivamente, embasado, é claro, nas teorias do Eu de Ernst Mach. É intrigante o elo da temática do romance com os escritos de Freud, cujo conceito da perversão polimórfica da sexualidade infantil ocupa um lugar de destaque nos *Três Ensaios Sobre a Sexualidade*[12], obra publicada em 1905 quando Musil já está à procura de um editor para o seu *Törless*.

A precisão aparentemente psicológica de Musil deve-se, em grande medida, ao seu interesse pela fenomenologia histórica dos sentimentos. Treinado na análise da percepção, Musil estuda os elos entre experiências eróticas modernas e as erótico-religiosas que encontra nos místicos e nos românticos – sempre na tentativa de superar os clichés sentimentais do imaginário contemporâneo. Pergunta-se o que aconteceu com as sutilezas emocionais e intelectuais do passado; que tipos de experiências absorveram, por exemplo, os êxtases eróticos no presente, que se dá ares vigorosamente laicos e materialistas. Em vez de aceitar tal qual as novas teorias sobre a sexualidade, o jovem escritor procura na própria experiência e na literatura as metamorfoses da sensibilidade – a fenomenologia dos sentimentos amorosos, eróticos e religiosos. Às voltas com o sinistro erotismo dos adolescentes do romance *Törless*, o jovem autor reflete sobre os estilhaçamentos e clivagens que a sensibilidade romântica sofreu. Constata que a intensidade íntima do amor cristão deu lugar

12 S. Freud, *Studienausgabe*, v. 5, p. 91s.

a atitudes claramente pagãs – por exemplo, a uma concepção da sexualidade clivada do domínio espiritual e a práticas que permitam "administrar" separadamente o corpo, a alma e o intelecto. Pergunta-se se os óbvios ganhos práticos das posturas atuais não acarretariam também certas perdas. Nesse sentido, ele justapõe a atualidade aos tempos do Idealismo alemão:

> Seguindo esses pensamentos [dos pensadores dos séculos XVIII e XIX], eu me coloquei a seguinte pergunta. Como os ienenses [poetas e filósofos de Iena e Weimar] entenderiam, por exemplo, d'Annunzio? Eles dariam falta do mental, do espiritual. Achariam sua sensualidade vulgar, provavelmente.
>
> Nisso, a concepção moderna tomou claramente um caminho diferente [da tradição idealista e romântica]. O prazer pagão com a sensualidade é, por assim dizer, uma cultura do corpo *para* aliviar o espiritual. Uma prática dualista. Não está muito longe da cultura espiritual e eclesiástica do clero [*der Geistlichen*]. O corpo recebe cuidados para oferecer ao espírito uma base forte (esporte); encontra na sensualidade uma válvula de escape. Afinal, até mesmo os caracteres típicos do renascimento [encontram nisso] tão somente um alívio ou compensação pontual [*Entlastungen*]. Sem essa perspectiva (espiritual, idealista), a sensualidade é considerada decadente; o mesmo vale também na modernidade.
>
> Quanto à própria espiritualização da sensualidade (não falo da sua legitimação espirituosa, nem das tentativas de emolduração decorosa), obtivemos, por enquanto, muito pouco. Os românticos e os pensadores de Iena teriam o sentimento de estar perdidos [no mundo de hoje] com o atual culto do gozo sentimental.[13]

Longe de evocar o amor romântico com o saudosismo sentimental tão típico dos movimentos educativos ou neomísticos

13 R. Musil, *Tagebücher I*, p. 139.

da época[14], Musil registra com frieza distanciada perdas e ganhos da economia emocional do seu tempo. Ele credita os modernos pela sensibilidade muito mais ousada e exigente, e pela notável abrangência intelectual ligada ao rápido avanço das ciências, da lógica e da matemática: "Em contrapartida, eles [os românticos ienenses] não estariam à altura dos modernos nem no que toca ao *sentio* [sensibilidade], nem no que toca à *mens* [mente, intelecto]."[15]

Para Musil, o valor estético redunda em valor ético da arte apenas quando o relato não se dá a facilidade de repetir formas narrativas tradicionais, ideias já pensadas, revestidas com sentimentos já plasmados. Ele prefere aos habituais desenvolvimentos do fio narrativo a "involução" do relato: a busca meticulosa do modo como ideias penetram nas sensações e nos sentimentos, suscitando gestos reativos, reflexões e trajetórias de vida cuja diversidade, riqueza ou pobreza depende do grau e do modo de interação das ideias com sensações e sentimento. Na sua veracidade e precisão, não na aplicabilidade didática. A sua "educação estética do homem" não termina com a integração do jovem numa sociedade existente nem com a transformação dessa sociedade: abandona

14 Cf., nesse sentido, a longa ficha de leitura dos livros de Ellen Key (*Tagebücher I*, p.158s.) e Ricarda Huch (ibidem, p. 137s.). Musil faz comentários cortantes aos excessos sentimentais e anti-intelectuais que despontam nos ensaios dessas autoras. Todas as propostas de "retorno" o desagradam. Quando os contemporâneos enaltecem o humanismo de Goethe, a espiritualidade medieval ou o espírito da pólis clássica, estamos sempre próximos do sectarismo esotérico – seja dos adeptos do círculo de Stefan George, ou de Klages, Maeterlinck, Emerson e tantos outros.

15 R. Musil, *Tagebücher I*, p. 139.

homens e mulheres a um mundo infinitamente complexo cujos desafios – científicos e sentimentais, econômicos, políticos e religiosos, sociais e individuais, estéticos e éticos – demandam constantes e infinitos esforços de solução.

A segunda obra musiliana se distancia por um momento das temáticas de destaque da época para debruçar-se sobre processos ainda pouco tematizados da vida íntima. Esse recuo dá vazão ao seu desgosto com a narrativa convencional que expõe causas e consequências do desenvolvimento de um caráter ou de uma experiência psicológica. Musil desafia o leitor com as "involuções" das personagens que se voltam para certos processos sutis da vida interior e obrigam o leitor a mobilizar sua sensibilidade afetiva e intelectual, sua sensualidade e seus sentimentos, para adivinhar o que está acontecendo nessas "histórias". Essa exigência, é claro, restringe o público a um círculo pequeno que aprecie essa forma artística unindo sensibilidade *com reflexão*.

As Inquietações Estéticas do Jovem Musil

Para Musil, escrever não é um impulso espontâneo, movido pelas questões da moda e da atualidade jornalística. As questões sociais, políticas e psicológicas estão presentes, porém contidas por uma reflexão mais abrangente e a exigência artística de não as deixar aflorar de modo demasiadamente evidente nos romances. Assim, o autor reagiu com distanciamento crítico à popularidade de *O Jovem Törless* em 1906 e tomou o risco custoso de trabalhar contra o gosto do seu público, que saudava menos a sutileza artística e antes a temática do mal-estar moral e sexual da cultura então em voga. Poucos leitores apreciavam o que a resenha de Kerr e o próprio autor apreciavam[16] em *Törless*: o tom e estilo novos da elaboração artística de Musil – sua experimentação com a maleabilidade dos traços psicológicos, que recebem suas respectivas formas (mais ou menos patológicas ou sãs) não de dentro, não do Eu ou da vontade do indivíduo, mas pela força das circunstâncias externas – pelo encontro de sensações e sentimento com configurações e discursos do mundo externo.

Musil radicalizaria esse projeto para uma nova estética em *Uniões*. Difíceis de ler, os dois contos não atraem nem o interesse sociológico nem o da psicologia popular, e muito menos a curiosidade voyeurista que beneficiou tantas outras obras escandalosas do modernismo – do próprio *Törless* a *Women in Love* (Mulheres Apaixonadas) de D.H. Lawrence e ao *Ulisses*. *Uniões* simplesmente passou em branco, e o próprio autor reconheceu mais tarde que os contos exigem demais do leitor. Mesmo assim, ele manteve essas narrativas em alta estima até o fim da vida. O experimento buscava representar o complicado processo que transforma sensações físicas em pensamentos, evidenciando como a reflexão emerge no ritmo das emoções e como a possibilidade de escolhas éticas depende da capacidade de re-viver certas experiências sensíveis, de distinguir o que há de válido no incomum ou proibido, e de reconfigurar, se necessário, valores e convenções estabelecidos, se um caso incomum assim o exige. Esse processo hipotético e imponderável, inscrito

16 Musil comenta essa resenha numa carta a Paul Wiegler, *Tagebücher II*, p. 1217s.

nas sugestões do texto, requer uma postura paciente do leitor, pois ele precisa recriá-lo em sua mente, lançando mão de suas próprias experiências. Aos leitores que pediam dicas, Musil aconselhava começar a ler seu trabalho por outras obras, já que as novelas podiam provocar repulsa: peças importantes de uma experimentação estética recém-iniciada, elas são um verdadeiro *work in progress*, que precisa ser apreciado no contexto dos esforços e desafios de um período de transição.

Suas afinidades reveladoras talvez estejam nas fronteiras com outros campos e épocas – na pintura, sentimos essa afinidade com o expressionismo contemplativo de Egon Schiele, em torno de 1910, e com as intuições quase visionárias de certos autorretratos de Kokoschka; na literatura, teríamos de esperar a escrita feminina de Clarice Lispector das décadas de 1930 e 1940.

Foi com deliberação que o autor buscou frustrar as expectativas estereotipadas dos leitores de Freud e os reflexos condicionados dos educadores e sociólogos que viam na literatura nada além de exemplificações dos seus conceitos. *Uniões* é a busca de um novo tipo de narrativa que permita descobrir experiências ainda não identificadas pelo olhar clínico e científico, graças a uma técnica narrativa nova que altera as três principais formas de narrar da época. Musil esboça uma tipologia genética das formas narrativas e conjetura que deve haver um passo além dos tipos existentes. O caminho para esse tipo novo e "ainda vago" visa a seguinte inovação:

Quarto Tipo: ainda vago. Procurar a expressão para coisas internas, íntimas, renunciando, porém, a qualquer inserção destas coisas numa conexão causal. Oferecer uma cadeia de tonalidades, climas, atmosferas que formam um contínuo e, com isto, parte de uma conexão causal. De certa forma, o corolário emocional. Não se mostra: ação B deve seguir à ação A; mostra-se que o sentimento b (ligado a B) segue ao sentimento a (ligado com A) e, como tal, parece normal e óbvio para o leitor. Mostra-se apenas uma sequência emocional, uma sequência de atmosferas, através das quais surge, no limite, a aparência de uma conexão causal.[17]

Musil subtrai todo o lastro de categorias (e qualquer explicação sobre causas e efeitos) que pudesse enquadrar os estados efêmeros e mutantes das duas heroínas na nosologia psicológica e no horizonte de expectativas literárias convencionais. Obriga o leitor a observar, aceitar tal qual e a entrar nos sentimentos e sensações mais íntimos da personagem feminina, sem oferecer um ponto de vista distante que permita explicar suas causas e seu sentido. A "compreensão" é possível somente para quem encontrar processos correspondentes na sua própria alma. Com deliberação, o autor escolhe experiências que *não* se enquadram nos exemplos-padrão da psicanálise, mas que evidenciam a ampla gama de modulações e a liberdade criativa que cada indivíduo tem nas suas reações a traumas. Não é mais uma compreensão mediada por conceitos compartilhados, mas um adivinhar – reflexão hipotética que envolve corpo, alma e mente sem pretensão de dispor das categorias que dessem conta da experiência. As estranhíssimas aventuras de Claudine e Verônica são infinitamente menos previsíveis e têm um sabor e uma estrutura muito diferentes das trajetórias de outras personagens modernistas.

17 R. Musil, Das verzauberte Haus, *Kleine Prosa und Schriften*, p. 1311.

A Gênese dos Contos:
De "A Casa Encantada" à "Quieta Verônica"

A gênese dos contos remonta à primeira metade de 1908. Após o sucesso de *Törless*, Musil passou um tempo árduo ocupado com a reformulação de sua tese de doutorado. Nesse período, situa-se também com grande probabilidade a leitura dos estudos sobre histeria de Freud e Breuer[18], pois nas ponderações sobre uma tipologia das narrativas o autor comenta seus esboços intitulados "Anjo da Guarda" / "Demônio", fragmento de uma história na qual a heroína sofrera "na juventude um trauma erótico, o qual, muito mais tarde, torna agudo todos esses estados alucinatórios"[19]. Ele experimenta com um tipo de narrativa cujo enredo segue certas leis psicológicas, transformando em configuração de imagens e metáforas poéticas o relato analítico, objetivo e racional do psicólogo. O plano era, desde o início, superar esse tipo de narrativa. Num gesto – típico para Musil – de rivalidade competitiva, o autor propõe o desenvolvimento de outros tipos: narrativas que elaborem "a complexão secreta e desconhecida de leis conhecidas, [...] os aspectos negligenciados e os pequenos fatos" que podem, repentinamente, inflexionar o percurso e mudar o todo. Ou, pensando em um tipo mais raro e novo na literatura, poder-se-ia "mostrar novos sentimentos, descrever

18 K. Corino, *Robert Musil: Eine Biographie*, p. 367.

19 Idem, *Robert Musils "Vereinigungen": Studien zu einer historisch-kritischen Ausgabe*, p. 81. O trauma consiste na repentina percepção visual do genital vermelho de um grande cachorro que a menina ama e que, no exato momento da percepção, lambe o rosto da moça – o contato físico, quente, úmido, intensificando a ideia chocante de uma aproximação erótica.

emoções desconhecidas para as quais encontramos, pela primeira vez, palavras". Mas o alvo derradeiro era um quarto tipo, a narrativa das *Uniões*, que dissolve o enredo por completo, fornecendo apenas "uma sequência de atmosferas e tonalidades emocionais [...] que fornece, *in extremis*, a aparência de uma estrutura causal"[20].

A dificuldade desse tipo de narrativa experimental, que antecipa em muitas décadas o princípio do Nouveau Roman, exigiu inúmeros esforços. Promovido a autor de sucesso, perdera a espontaneidade descompromissada que facilitou a escritura de *Törless* e, além disso, colocou-se um objetivo mais que difícil: passar de um enredo com personagens masculinas para a exploração da intimidade feminina mais remota. Assim, ao longo das quatro versões fragmentares que antecederam "A Tentação da Quieta Verônica", os títulos e os nomes das heroínas mudam quatro vezes, os estilos oscilam e os pontos de vista variam entre subjetivo e objetivo, unilateral, duplo e múltiplo.

No primeiro fragmento, a história se desenrola antes e depois do casamento de Cecilia, filha de um farmacêutico de uma cidade de província. Os preparativos e o vazio após a festa fornecem o pano de fundo para a história de sua amiga Verônica. Ela ajuda com os últimos ajustes do vestido de noiva, mas não participa nem vibra com o casamento da amiga. Muito pelo contrário, mantém-se isolada, indiferente como um "psicastênico" que a literatura psiquiátrica descreve em cores vivas nos manuais da época. Konstantin Österreich, cujo "Caso Ti" Musil

20 R. Musil, *Kleine Prosa und Schriften*, p. 1311.

leu com interesse[21], descreve uma das experiências sensoriais típicas dessa perda de contato e referência que prepara a eclosão da esquizofrenia: "a sensação de ter um espesso manto de pele metido por sobre a cabeça". Musil retoma essa imagem[22] do quase voluptuoso isolamento no espaço uterino, que será devassado pela irrupção alienante de um padre bem-intencionado que procura auxiliar a jovem como um terapeuta. Na sua redoma alterada, Verônica confunde seus conselhos com sementes que penetram na sua mente como um arado, abrindo a terra mole – a velha imagem grega da cópula. Presa no conflito de ambivalência entre atração e repulsa, Verônica se imobiliza, defendendo-se contra a relação demasiadamente íntima de sua alma com a alma alheia; ela estagna, aspirando "a algo derradeiro, inamovível, [que] se transformava num gesto estacado, como um galho rompido que se ergue para a eternidade"[23].

O primeiro fragmento acaba nesse ponto e Musil o transforma posteriormente em um conto breve, intitulado "A Casa Encantada", publicado na revista *Hyperion* em novembro de 1908. Ela transforma a ambivalência da heroína Virgínia na relação triangular de Victória, dividida nos seus afetos entre um homem meigo e espiritual e um sedutor mais agressivamente

21 Österreich (1880-1949) foi um filósofo da religião e um psicólogo interessado também em parapsicologia. Ele impressionou Musil com o relato de um caso de esquizofrenia, o "Caso Ti", cujas imagens e metáforas gráficas o autor usou nos contos. Cf. também S. Bonacci, *Die Gestalt der Dichtung: Der Einfluss der Gestalttheorie auf das Werk Robert Musils*, p. 96.

22 R. Musil, *Tagebücher I*, p. 180s.

23 K. Corino, *Robert Musils "Vereinigungen": Studien zu einer historisch-kritischen Ausgabe*, p. 99.

sensual, Demeter[24]. Do primeiro aparece apenas a voz propondo o noivado, súplica ardente que Victória recusa até o noivo rejeitado ameaçar suicidar-se. O homem sensual, Demeter Nagy, escuta esse diálogo a partir do quarto ao lado.

É notável a mudança estilística da abertura, que salta *in medias res* com um fragmento de uma conversa masculina sobre mulheres: "Por pouco ela não me envenenou naquele então, asseverou o oficial Demeter Nagy, sempre quando contasse mais tarde sua aventura na casa encantada."[25] É impossível não pensar nas aberturas dos contos de *Les Diaboliques* (As Diabólicas), de Barbey d'Aurevilly, cujo arco narrativo cria um suspense que Musil admirava e almejou para seus próprios contos. Nessa versão, já aparece a figura do amor à distância – a fantasia de uma união removida para o espaço infinitesimal. Esse amor virtual é viabilizado pela ideia da morte do amante, por uma vampirização imaginária do outro, que permite por um momento a realização do mais perfeito estado narcísico, um autoerotismo através do outro dissolvido em "sonho", em "ondas nas quais flutuam suaves mães d'água de purpúrea transparência"[26]. Esses fantasmas de um erotismo da pureza translúcida alternam com estados de "amarga volúpia", nos quais Verônica sente a vontade de "tocar com os lábios nas sujas roupas íntimas" de Demeter, até que um dia é surpreendida por ele, deita na cama com uma camisa dele entre os

24 O nome "Demeter" assinala a dimensão telúrica; "Nagy", a força e o vigor viril da personagem.

25 R. Musil, *Kleine Prosa und Schriften*, p. 141.

26 Ibidem, p. 147.

dentes[27], prelúdio que termina com uma sumária cópula dos dois... na escadaria da casa.

A quarta versão, finalmente, amplia o diálogo entreouvido da versão anterior como um verdadeiro dueto e entendimento entre Verônica e seu amante ideal(izado) Johannes. É esse entendimento – cada vez mais fantasmagórico e alucinatório – que a protege do seu trauma inicial (a visão da cópula de um galo e de uma galinha), mas ao mesmo tempo recebe uma aura carregada de animalidade[28]. Esse detalhe isolado, des-entendido de sua existência, é, no entanto, reatualizado pela aproximação insinuante de Demeter, que exerce um fascínio nefasto sobre os fantasmas de Victória. Nessa versão, Musil experimenta com duas vozes, a de Verônica e a de Johannes, ambas em primeira pessoa. Mas ele se pergunta: como essa personagem teria o talento para falar como um livro? Onde estaria o ponto de vista? Quando essas percepções e reminiscências teriam sido escritas? O experimento é desesperador e, no final de uma semana (de 12 de agosto a 20 de agosto de 1910), Musil decide retornar à narrativa em terceira pessoa, profundamente decepcionado e deprimido[29].

Entre setembro de 1910 e 1911, Musil finalmente termina a segunda narrativa de *Uniões*, três vezes mais extensa que "A Casa Encantada".

27 Ibidem, p. 153-154.

28 O conto do escritor austríaco Richard Schaukal (1874-1942), *Von Tod zu Tod und andere kleine Geschichten* (De Morte em Morte e Outros Contos), de 1901, que Musil conhecia, oferece o retrato de um padre renegado que faz carreira como terapeuta e cuja autoindulgência no tratamento dos assuntos psicológicos e fisiológicos lhe conferia um ar animalesco. Cf. K. Corino, *Robert Musil: Eine Biographie*, p. 378.

29 R. Musil, *Tagebücher I*, p. 225.

A Perfeição do Amor: Claudine

O primeiro conto do volume, "A Perfeição do Amor", deve sua origem a um abalo emocional do próprio autor: a infidelidade de sua noiva Martha Marcovaldi, que deu o impulso temático e a energia emocional para a história de Claudine, iniciada em 1908. Karl Corino vincula o nome Claudine à peça de Alexandre Dumas Filho, *La Femme de Claude* (A Esposa de Claude). A figura de Dumas, Césarine, é a clássica *femme fatale* – sensual, instintiva e adúltera, além de outros pendores quase criminosos – ou seja, um *cliché* que precisa de grande talento para se tornar novamente relevante como arte. Essa transfiguração de um estereótipo em performance emocionante e mágica ficou por conta da atriz Eleonora Duse, que alcançou repercussão internacional ao dar vida ao misto de perturbação e encanto dessa mulher angelical e poderosa. É provável que Musil conhecesse a resenha elogiosa de A. Kerr, entusiasmado pela transfiguração artística do clichê do velho drama de infidelidade e ciúme[30].

É nítida a intenção de valorizar a personagem da mulher infiel, na contracorrente do pendor convencional que lhe infligiria um estigma moral ou patológico. Esse último talvez atingisse a inibida Verônica, não tivesse Musil escolhido o ponto de vista da imaginação dela, o que confere um outro aspecto, bem mais sensível e interessante, ao delírio esquizofrênico. O caminho de Claudine aponta para a superação da crise amorosa, para o amor

30 A resenha foi reproduzida em: Renate Schröder-Werle. *Erläuterungen und Dokumente zu Robert Musil: Die Verwirrungen des Zöglings Törless.*

que se perfaz, ficando mais rico com os conflitos que opõem o corpo, a mente e a alma. Ela é uma mulher moderna: forte e sensual, sensível e inteligente o suficiente para elaborar seus "traumas". Adulta, revisita com estranhamento crítico seus antigos desejos e fantasias que a fizeram vítima e cúmplice do assédio masculino. O pesar que sente com as humilhações sofridas não a leva a negar sua própria participação ativa nesses prazeres perversos e transgressivos. Assim, sua viagem de trem que a leva para longe do marido transforma-se numa derradeira revisitação do passado erótico desregrado. Essa experiência angustiante e reveladora culmina na decisão de entregar o próprio corpo a um estranho que não a atrai, mas que serve como meio, permitindo avaliar a diferença entre as pulsões que a acuavam e o amor precioso que desde então a une – corpo, mente e alma – ao marido.

Ora, o trabalho assíduo e difícil que Musil se impôs, contra sua própria vontade, de escrever essa história nasce de um desafio análogo: como transformar um drama de amor, infidelidade e ciúme em uma história válida estética e eticamente? Mais precisamente: como transfigurar desespero, decepção e ciúme que *o autor* sentiu quando sua noiva, Martha Marcovaldi, lhe confessou seu caso com um outro pretendente, justo no momento da maior felicidade e exaltação amorosas entre eles?

Musil e Martha pregavam relações eróticas livres e modernas até o momento em que decidem noivar, num estado de intensa amorosidade. Aceito o pedido de noivado, Martha decidiu visitar Martin Cohn[31] para desfazer o cortejo desse

31 Cohn já fora noivo de Martha, em 1896-1897, antes de ela se casar com o primeiro marido, Fritz, seu grande amor. Cf. Musil, *Tagebücher II*, p. 961.

pretendente de quem fora noiva uma década antes – noivado desfeito por ela para casar com seu primeiro marido, Fritz. No entanto, encontrando-se face a face com Martin, a mulher madura cede à tentação erótica e, ao retornar para casa, conta sua infidelidade ao noivo. Musil fica abalado; luta não apenas com a dor "catastrófica" que Martha lhe inflige, mas também com um conflito interior: o ciúme pouco conciliável com sua concepção liberal das relações amorosas. Notáveis nos seus diários são as anotações sobre o autorrepúdio: a irritação com a inconsistência intelectual e afetiva de um homem que se acha livre, que prega a liberdade e a emancipação feminina, mas não consegue concedê-la à mulher amada. Ao fio das anotações, nota-se que a aflição mais profunda não é causada pela infidelidade em si, mas pelo fracasso emocional, intelectual e ético da autotraição que se manifesta no ciúme. Musil luta contra a pobreza da mentalidade masculina que se arroga o controle do corpo e do desejo da mulher amada, embora conheça bem as complicações do amor e a inconstância[32] – sobretudo, porque pratica suas próprias infidelidades, sem grandes dramas. Atiçado pelo aforismo de Rilke sobre a mesquinhez dos dramas de adultério[33], Musil começa a se

32 Eis o que mostra uma carta à amiga Alice Donath em 1907: "Mulheres iam e vinham, mulheres vão e vêm; sou bastante inconstante, pois não consigo ser diferente. [...] Considero a constância um desperdício de energia." Cf. K. Corino, *Robert Musil: Eine Biographie*, p. 355. Intelectualmente, ele concedia o mesmo direito a Martha e sabia que também para ela o noivado não fora uma decisão fácil. Ambos sentiam forte apego à independência e tinham convicção de que o futuro seria mais tolerante em matéria de relações eróticas.

33 Nas tragédias de amor, escreve Musil numa das suas reflexões logo após a publicação dos contos: "sempre há a mesma superficialidade: a intervenção contingente de um terceiro. Rilke exigiu [uma nova ideia e elaboração artística

perguntar se não é a pobreza das representações artísticas que também contribui para a rigidez afetiva que acomete os homens, inclusive intelectuais como ele mesmo. No momento da crise, nada valem seus conhecimentos a respeito da diferença do desejo físico, que por sua vez pouco tem a ver com o prazer da sedução, ambos podendo ocorrer de modo paralelo e independente da experiência bem mais rara e preciosa que é o estado quase místico de êxtase amorosa.

Essas reflexões fazem com que ele desista do primeiro impulso – defensivo e vingativo, voltado contra Martha. Ele pretendia mobilizar sua verve irônica ridicularizando a inconsistência da noiva. "Pois Martha [ele anota no diário] defende com fanatismo a elevação sublime de sua relação comigo. Não por remorso, porém, mas pela obstinação de ter razão [*Rechthaben*]: Eu 'devo' acreditar que ela me ama do modo mais puro, ela procura obrigar-me a fazê-lo."[34]

O ressentimento contra Martha transforma-se em luta contra os próprios preconceitos, contra os clichés que alimentam as inconsistências senti-mentais masculinas, contra o baixo nível estético e ético das formas artísticas que determinam e alimentam o comportamento e a sensibilidade à revelia da

de] um adultério que ocorresse entre duas pessoas apenas. [Ele exigia] o adultério entre dois, executado nas costas de um terceiro qualquer, representante da esfera [moral] dos caráteres) porque teve consciência daquela esfera mais íntima, onde os que amam dissolvem-se em bagatelas, em coisas quaisquer e onde a pessoa singular é nada mais do que o ponto de passagem para reflexões que dizem respeito a todos, mas que se transforma em paroxismo do amor graças a uma [reflexão] que procura chegar ainda mais próximo do amado." Cf. R. Musil, *Kleine Prosa und Schriften*, p. 1314.

34 R. Musil, *Tagebücher II*, p. 957.

consciência. Musil desiste da sátira contra Martha: "Minha intenção foi a de tratar essa história [...] mais ou menos ao modo de Maupassant – autor que eu mal conhecia e do qual eu fazia a ideia vaga de um autor 'leve' e 'cínico'."[35]

Não teria sido difícil para um espírito irônico como Musil escrever uma sátira "leve e cínica" que vilipendiasse a noiva. Mas a mudança de atitude obriga o autor a realizar um programa estético e ético bem mais difícil do que o par de contos frios, distanciados e divertidos – meros exercícios de estilo ao modo de Maupassant. Começa a se debruçar sobre o labirinto dos sentimentos amorosos mais complexos que combinam aspectos afetivos e espirituais com componentes eróticos e sexuais. O tema não lhe é estranho, pois ele viveu, aos vinte anos, uma paixão amorosa quase mística: a experiência "Valerie", que alimentaria inúmeras reflexões, fragmentos e toda a dimensão utópica que envolve a figura Agathe, a irmã "esquecida" de Ulrich no romance *O Homem Sem Qualidades*.

É importante mencionar que, no centro do fracasso que Musil sofreu com seus contos está esse núcleo – a dimensão espiritual das experiências afetivas e físicas – que deveria nos interessar ainda hoje. Pois somos herdeiros do esquecimento e da desvalorização dos grandes sentimentos poéticos que alimentaram os mitos e a literatura durante milênios. No início do século XX, as aventuras amorosas, religiosas e místicas são marginalizadas pelo deslocamento dos nossos afetos e sua migração para o domínio racional. Os efeitos desse deslocamento estão no foco de Musil ao longo das décadas por

35 Ibidem.

vir, sobretudo no que diz respeito à inflação sentimental do pensamento racional, de um lado, e a pobreza intelectual do domínio afetivo, de outro.

No plano estritamente literário, os contos musilianos transformaram por completo os motivos do simbolismo – em particular, o pendor transgressivo[36] e os desvios das normas que afloraram em obras como as *Flores do Mal*, de Baudelaire, ou os contos de *Les Diaboliques*, de Barbey d'Aurevilly. Musil desdramatiza a transgressão e des-sentimentaliza a aura mística das experiências de conversão (amorosa ou espiritual), deixando subsistir apenas o eixo inegável da elevação transcendente. J.M. Coetzee observou a esse respeito que a história de Claudine inflige "ao velho motivo da pureza mística uma série de torções típicas do *fin de siècle*". No entanto, seria em vão procurar nela qualquer ensinamento – e muito menos o da doutrina cristã segundo a qual "uma alma pura não pode ser aviltada pelas violações da carne"[37]. Pois o que é relevante nessa narrativa é o

36 Há outras alusões transgressivas desde o início desse conto. A personagem ficcional G., sobre a qual Claudine e seu marido comentam, é uma referência ao romance de Joris Karl Huysmans, *Là Bas*. Ele tematiza as atrocidades de Gilles de Rais, companheiro de armas de Jeanne d'Arc, o homem mais refinado, artístico e cruel do século xv, eternizado não pelas suas qualidades, mas pelo seu gosto sanguinário e pedófilo que o transformaram no *serial killer* mais destacado da história. Os contos ainda giram em torno de fantasias nietzschianas que sonham com "transfigurações morais da energia", alquimias do crime em alegria mística – sem suspeitar que a liberação sexual iria produzir, em menos de cem anos, avalanches de material pedófilo e uma oferta cinematográfica de todas as perversões – além do refluxo desse gosto polimórfico e perverso na forma de reservas politicamente corretas que, por sua vez, atingem picos fóbicos.

37 Cf. J.M. Coetzee, On the Edge of Revelation, *The New York Review of Books*, 18 dec. 1986.

gesto feminino inédito: a *mulher* Claudine rejeita a tutela imaginária e real e examina, ela mesma, *seus próprios* sentimentos. O ponto de chegada de sua trajetória não é mais o *tópos* místico da alma pura e imune aos erros da carne, mas o mistério de certas experiências raras, que se plasmam na certeza do amor único – uma certeza, porém, que fica evanescente e instável. Nesse sentido, não concordo com J.M. Coetzee, que ironiza o pendor desse conto para "gesticulações elevadas em direção ao amor místico e à plenitude transcendente"[38].

A Radicalidade Experimental Rumo à Auto- e Outrobiografia

"A irmã-gêmea é algo muito raro na realidade biológica; mas ela vive em todos nós como utopia espiritual, como ideia revelada de nós mesmos. O que permanece para a maioria dos homens mera nostalgia torna-se realidade para o meu herói."[39]

A radicalidade experimental da segunda obra de Musil está na capacidade de romper as barreiras que normalmente nos separam do outro – do outro gênero, como da outra realidade fantasmática e utópica que não se deixa controlar com raciocínios convencionais. *Uniões* realça a nova lógica – associativa, fantasmática, suspensa – que o primeiro romance, *Törless*, frisava apenas em alguns momentos. Os contos renunciam por completo à explicação dos fenômenos íntimos que se

38 Ibidem.
39 R. Musil, *Kleine Prosa und Schriften*, p. 940, onde o autor fala sobre *O Homem Sem Qualidades*.

expandem na mente das personagens. O programa artístico de Musil não se limita a registrar a fluida simultaneidade de sensações, sentimentos e reflexões; mostra também como o físico, o psíquico e o intelectual se retroalimentam, criando "pensamentos" sensíveis e altamente complexos, cujo sentido podemos adivinhar: a condição de compartilharmos esses sentimentos, pelo menos na imaginação[40].

Em 1907 e nas décadas seguintes, os artistas tiveram que lutar ainda contra os estereótipos sociais, visando a supressão do imaginário desviante e a estigmatização de certas fantasias íntimas. Assim, é um gesto ousado quando Musil lança mão de uma gama de suas próprias experiências infantis – por exemplo, da visão de anjos durante um delírio febril ou de reminiscências de zoofilia (fascínio com a visão dos genitais de animais). Trata-se de mostrar artisticamente a realidade fatual de certos estados de alma muito distintos do pensamento racional e quase incomensuráveis com ele. Musil ficcionaliza as lembranças fragmentares de um episódio de meningite que sofreu na infância. A alucinação febril parecia isolá-lo numa cápsula, entregue a silenciosas contemplações sensoriais, que mais tarde reaparecem nos diários e nos contos – sempre atribuídas a figuras femininas, por exemplo, a Verônica:

40 Leitor de Lévy-Brühl, Musil entende a mobilidade imaginária da obra de arte como uma dimensão mental induzida por um outro estado "levemente hipnótico", que corresponde às funções mentais analisadas pela antropologia no pensamento mítico das tribos indígenas ou aos estados psíquicos da vida cotidiana, quando alterados por fortes emoções, patologias ou substâncias tóxicas. Cf. L. Lévy-Brühl apud R. Musil, *Kleine Prosa und Schriften*, p. 1141.

Foi assim que certa vez ela havia falado com anjos, quando estava doente, naquela vez eles rodearam sua cama, e um som finíssimo soava nas asas angelicais, mesmo que não se movessem, um som delgado e alto que fraturava as coisas ao meio. As coisas se desintegravam como pedras ocas, o mundo todo estava espalhado ali, estilhaçado como conchas, e somente ela se contraía; consumida pela febre, desfiada em fiapos finos como a folha de uma rosa ressequida, tornara-se translúcida para o seu sentimento, sentiu simultaneamente o corpo de todos os lados e adensado em algo minúsculo, como se ela o segurasse em uma das suas mãos, e ao redor estavam homens com asas que farfalhavam suaves tal fios de cabelo estalando. Para os outros, tudo aquilo não parecia existir; como uma grade rútila que deixa o olhar fitar o exterior, aquela ressonância se postava diante de tudo aquilo.[41]

São discretos e indiretos os registros do apavorante episódio que o autor vivera em 1889 – um trauma que os diários frisam apenas de modo cifrado e que não aparece nos esboços biográficos![42] Ele ressurgirá também em *O Homem Sem Qualidades*, de novo transformado na doença de figuras femininas: Agathe e a esquizofrênica Clarisse[43]. É notável como o autor transforma seus fantasmas em ficções projetadas sobre sofrimentos, paixões e prazeres de mulheres, permitindo assim ao narrador (que mantém o tom da fria objetividade "viril") compreender melhor a condição reprimida, passiva e subjugada

41 R. Musil, "A Tentação da Quieta Verônica", *Uniões*, ver supra, p. 91.

42 K. Corino (*Robert Musil: Eine Biographie*, p. 39-48) reconstrói os elementos, datas e fatos ameaçadores cuja descrição e elaboração Musil evita nas anotações autobiográficas, preferindo projetá-las sobre suas personagens femininas – Vitória, Verônica, Clarisse.

43 Agathe aparece em *Der Mann ohne Eigenschaften*, terceira parte, capítulo 9, p. 725; Clarisse desde a segunda parte, capítulos 31 e 70, entre outros.

de muitas mulheres da época e a elaborar o trauma da própria sujeição humilhante.

Ao longo de toda a sua carreira, Musil sempre volta a refletir sobre a diferença no modo de sentir e pensar da(s) mulher(es) amada(s), pautando-se pela experiência de Martha, a esposa muito mais sensual e passional que ele. Admira a serenidade dela diante da própria sensualidade impulsiva que tende a lançá-la nos avessos do tédio e do vazio (motivos tematizados desde o *Törless*). Com a esposa, o autor aprende a diferenciar e a refinar a percepção inteligente-e-sensível da insustentável intensidade amorosa – em suma, Martha não é uma noiva qualquer, ela é "algo que eu me tornei"[44] – precisamente devido às suas atitudes que rompem com os estereótipos da feminidade submissa da época e assumem uma autonomia viril. A afinidade profunda fica clara quando Musil, depois dos primeiros desabafos ressentidos e vingativos, continua anotando no seu diário: "Nunca nos pertencemos de modo mais intenso do que no dia depois da catástrofe. Antes havia um esforço imenso para evitá-la [a infidelidade], esforço esse que permanecera inconsciente para nós; mas, quando deitamos ao lado do precipício, sentimos uma paz estranha, um alívio enigmático."[45]

A sensação de alívio faz sentido em particular diante da concepção extrema de fidelidade que encontramos nos

44 R. Musil, *Tagebücher I*, p. 226: "Martha não [...] é algo que eu teria conquistado ou ganho, ela é algo que eu me tornei e que se tornou eu..."

45 R. Musil apud K. Corino, *Robert Musil: Eine Biographie*, p. 358. O biógrafo vincula o episódio vivido com Martha aos esboços para o *Homem Sem Qualidades*, anotados no diário. O trecho citado é uma paráfrase de Maurice Maeterlinck, *Le Trésor des humbles*.

diários de Musil: "Para seres mais sutis, já é traição distrair-se com um jornal quando falta a energia e a intensidade para absorver o livro no qual o amado depositou sua alma [p. ex., o *Törless*]. [...] É uma exigência da castidade permanecer quieto e vazio num caso destes; procurar distração é infidelidade."[46]

O autor renuncia à satisfação masculina habitual (o deboche parodístico) e admite – a contragosto – um pendor mais profundo. Com admirável tenacidade, Musil usa seu narrador para trabalhar contra suas blindagens psicológicas, dissolve seu distanciamento sarcástico e renuncia à pose clássica do homem ferido no seu afeto, na sua segurança e vaidade. O que vem à tona nesse experimento ficcional é, de um lado, a usurpação intuitiva do imaginário feminino: o narrador (embora mantenha o tom objetivo) assume a reivindicação feminina do amor sublime e vai em busca dos processos íntimos que possam torná-la plausível e válida. Essa vampirização das fantasias da mulher amada é algo mais que um mero reflexo narcisista de controle masculino[47]: é uma tentativa ética de adequar os afetos "espontâneos" com os princípios intelectuais.

Ainda no final da sua vida, em torno de fevereiro de 1941, Musil planeja fundir em uma auto-e-outrobiografia a própria vida e a do "corvo" (Martha) – escolhendo, dessa vez, o relato em primeira pessoa:

46 Apud K. Corino, *Robert Musil: Eine Biographie*, p. 356.

47 J.M. Coetzee assinala esse aspecto da estratégia ficcional musiliana em *Uniões*. Cf. On the Edge of Revelation, *The New York Review of Books*, 18 dec. 1986.

Ontem tive ainda a ideia de contar a biografia do corvo em primeira pessoa: "eu"... com corpo e espírito femininos. Sem dúvida isso seria uma empreitada desregrada e sem rédea e eu tive razão de não ceder a esse lado do meu talento. Não deveríamos soltar esses demônios, nem mesmo para contrabalançar o excesso de reflexão racional.

Comigo, Eros ainda é uma região das ilusões e do lirismo. [Com a experiência de Martha, mais sensual, essa ilusão] entraria, por sua vez, na esfera mais realista. Isso também seria importante.

Esse percurso ético [de Martha] também é digno de nota, [pois leva] da dependência de uma pulsão forte e sensual para a maturidade e a aceitação da vida [limitada]. Em algum lugar eu anotei: o caminho do *enfant terrible* do seu tempo para o papel da pioneira [...]

[Pensei em descrever] A grande bondade, a grande companheira, como ela surge de modo natural de disposições que parecem contradizer a moral.

Depois me lembrei ainda que isso poderia ser um modo para contar minha própria biografia e para falar de minhas qualidades e fraquezas.

O que me interessa também é a vida sem grandes feitos, nem com intenções para trabalhos espirituais. Muito mais pronunciado do que no caso de Agathe.[48]

A reflexão alude às inúmeras anotações do início do namoro, que evidenciam a admiração que o autor sente pela criatividade de Martha em burlar sua existência limitada de criança e moça recorrendo a furtos, mentiras e trapaças para compensar, numa espécie de dupla vida secreta, o cerceamento tradicional da condição feminina. Musil sentia forte apego a essa ousadia viril da menina-mulher sensual, uma espécie de ternura apaixonada com o misto de candura e trapaças inescrupulosas de Martha. Reativando deliberadamente essas reminiscências, o

48 R. Musil, *Tagebücher I*, p. 1011.

autor encontra um modo – inédito na literatura – de conter o ciúme e o despeito que sente pela traição de Marta, submetendo a uma alquimia ficcional as reações masculinas triviais que costumam moralizar a autonomia da mulher amada: num gesto notável, o narrador desvia esse ressentimento: identifica-se com o olhar feminino e ocupa por inteiro a intimidade erótica e afetiva da mulher. Numa radical fusão com o hipotético imaginário da mulher amada, as paixões masculinas são amortecidas: suspeita, temor e desconfiança da inconstância da mulher dissolvem-se na prosa lírica que une as sensibilidades masculinas e femininas numa nova figura andrógina. Um novo modo de sentir e pensar as relações entre os gêneros que suspende os julgamentos tradicionais numa aura a-moral ou hiper-moral. No lugar das habituais reivindicações éticas e eróticas da moralidade patriarcal surge uma empatia que confunde por inteiro as fantasias masculinas com as femininas.

Outras experiências, menos dramáticas, da solidão infantil servem como pontos de transição, permitindo compreender o que leva dos estados extremos de alienação extática de volta para a normalidade. Eis um desses episódios mais normais:

> Muitas vezes ele ficou em pé por muito tempo – meia hora, três quartos de hora – junto a uma das janelas e olhava para o jardim. E também isso era mais uma inexplicável coerção do que um deleite. [...] No jardim acontecia por vezes que observasse longamente um caramujo rastejando por uma folha. De novo, sem qualquer pensamento, mas num estado fascinado, quase coagido. [...] Às perguntas [do pai] sobre o que estava pensando, ele não sabia responder.[49]

49 Ibidem, p. 39.

Esse solipsismo do menino que se sente como que cortado do mundo da família e dos adultos transforma-se em ficção no primeiro romance *O Jovem Törless*, mas também é visível em diversas cenas de delírio em "A Tentação da Quieta Verônica".

As trajetórias das personagens da primeira obra de Musil impelem o leitor a dar um salto imaginativo para além dos estreitos padrões morais do imaginário estereotipado. O narrador é projetado no mundo sensório alheio, explora a ambivalência feminina. Observa, por exemplo, como personagens femininas evitam o contato físico, postergando e prolongando em câmera lenta a aproximação ou como elas suspendem os momentos de felicidade efêmeros em bolhas de lembranças fantasmáticas. Na observação e recriação do gozo feminino, Musil encontra elementos de experiências infantis marcantes, em particular, seus próprios pendores eróticos e amorosos, que parecem ter se desenvolvido através da identificação com meninas e mulheres. O poder imaginário de se alienar no outro – quase tornando-se o outro observado ou desejado – manifesta-se numa peculiaridade da vida adulta: a preferência de viver os momentos de intensidade amorosa à distância, de revivê-los com mais intensidade na imaginação.

A singularidade sensória da percepção infantil não foi o único fator a contribuir para a surpreendente ficcionalização da experiência feminina e para o pendor andrógino na obra musiliana. Sua relação imaginária e sensível com personagens femininos de sua vida ficou registrada, aqui e ali, em seus diários e outros documentos, revelando sua relação fascinada com o "eterno feminino". É hoje sabido que Musil alimentou desde a infância uma identificação com sua irmã Elsa que se tornou, gradativamente, um verdadeiro culto à memória da irmã defunta.

> Guardo na memória a imagem de longos cabelos sedosos, loiro-escuros. [...] Ela se chamava Elsa, como a irmã que faleceu antes do meu nascimento, que estava no centro de um certo culto que eu praticava. [...] Lembro desse período em que eu ainda andava vestido de saiotes, que às vezes eu teria gostado de ser menina. Considero que isso visava um erotismo reduplicado.[50]

Outro episódio registrado no diário do autor é o que trata do sequestro cometido pelo pequeno Robert no jardim de infância. Aos cinco anos, ele abduz uma colega, levando-a para casa[51] como que movido pelo desejo de apoderar-se da enigmática aura feminina. Ao mesmo registro fantasmático-real pertencem também as reminiscências infantis a respeito da amazona de circo, Miss Emilie Blanche, que o autor transforma na bailarina de um de seus contos[52]. O autor maduro sempre volta ao tema da androginia – pensemos apenas nos capítulos inesquecíveis em que o homem sem qualidades reencontra Agathe, sua irmã esquecida e seu *alter ego* feminino. O fato de Ulrich falar de sua irmã como de uma "gêmea siamesa" reforça a ideia do desejo fusional andrógino.

O encontro com Martha, cujo modo de ser combinava traços masculinos e femininos, parece ter renovado o pendor andrógino pré-existente de Musil. Ele se apoia na ousadia

50 R. Musil, *Tagebücher I*, p. 952s.
51 K. Corino, *Robert Musil: Eine Biographie*, p. 35 e 49.
52 Ibidem, p. 39.

madura com a qual a esposa elaborou suas experiências para compor seus contos, seguindo o roteiro que Martha formulou com clareza, precisão e destemida franqueza. O imaginário erótico e amoroso de Musil e Martha está muito além das predileções decadentistas vienenses que ainda giravam em torno do imaginário dionisíaco de Nietzsche e os casos clínicos de Freud. Ao longo das décadas que acompanham a juventude e a formação artística de Musil, o imaginário vienense é substituído pela auto-e-outrobiografia ficcionalizada do casal Musil e Martha.

À revelia do escárnio com o qual Musil fustigava as juras do amor "mais puro" de Martha, o episódio da infidelidade desperta seu próprio pendor místico-erótico. O abalo passional e o retorno da quietude amorosa trazem de volta lembranças profundas da juventude do autor. Se Claudine tem claros traços de Martha, seu percurso e suas emoções em *A Perfeição do Amor* têm também as feições da grande experiência amorosa e mística do autor quando tinha vinte anos. No verão de 1900, Musil viveu um intenso transe amoroso à distância, desencadeado pelo encontro com uma jovem montanhista durante as férias nas montanhas do Semmering. O estudante de engenharia, leitor de Nietzsche, Klages e Maeterlinck com poses de *dandy* e enfado decadentista, é repentinamente arrebatado pela primeira grande crise extática que põe fim ao seu maneirismo esteticista. Um abalo indelével transformou toda a sua visão de mundo e Musil o anota no seu diário sob a sigla "experiência Valérie". A moça bela e atlética, feminina e viril era, naquele verão fatídico de 1900, o centro de atração de um grupo de jovens montanhistas que passam as férias nos Alpes. A presença de outros admiradores desperta em Musil uma característica disposição ambivalente, oscilações entre confiança e ciúme, amor e ódio, e culmina na experiência de ser-fulgurado pela paixão de dimensões extáticas no momento em que toca a mão de Valérie: "uma chama ardia dos braços até os joelhos, e dois seres estavam tolhidos pelo raio do amor, de modo que quase caímos pela encosta, em cujo gramado terminamos por sentar, apaixonadamente abraçados"[53].

Num gesto característico de distanciamento, Musil abandona na mesma noite a hospedaria e foge da concretização do namoro. Instala-se num outro vilarejo a poucos quilômetros, como se quisesse sustentar e prolongar, à distância, a redoma extática daquele outro estado: como numa prática meditativa *sui generis*, ele consegue permanecer por alguns dias naquela intensidade próxima do transe. Depois retorna ao estado normal e dá o episódio por encerrado, porém sem perder jamais o apego a essa experiência única que permanece presente em toda a sua obra – de *Uniões* a *O Homem Sem Qualidades* – como um mundo alheio ao cotidiano ou como um estado outro, incomensurável com a normalidade dos cálculos e conhecimentos habituais.

O universo estético e a poética de Musil sempre retornam a essa experiência fundadora: a da repentina báscula da

53 A anotação continua: "Nos separamos nessa tarde, a noite ficou insone, uma noite de tempestades interiores, repleta de 'tremendas' decisões e, na manhã seguinte, eu já estava longe. Fugi com meu amor da causa e do objeto desse amor, deixando para trás nada além de um aviso que lhe escreveria [explicando] tudo." Cf. E. Wilkins, Musil's "Affair of the Major's Wife" with an Unpublished Text, *The Modern Language Review*, v. 63, n. 1, January 1968, p. 82.

experiência cotidiana em um "outro estado" no qual a normalidade anterior está plenamente presente, apenas radicalmente transfigurada na sua qualidade e no seu valor. Ele viveu pessoalmente esse "emborcar" (*umstülpen*) da vida familiar e o aproxima do "abalo", do "destino" que, na linguagem mística e religiosa, se chama visão ou conversão[54]. Uma das mais marcantes é provavelmente "A História da Esposa do Major" em *O Homem Sem Qualidades*, que transpõe, em ficção, o episódio vivido em 1900.

Sutilezas de um Escritor-Matemático: Um Misticismo de Segundo Grau

Musil escreve em um momento turbulento da história – na grande crise em que a história da arte é definitivamente ultrapassada pelo acelerado desenvolvimento da ciência e da tecnologia com suas linguagens formalizadas, pelos novos meios de comunicação e pela Segunda Revolução Industrial, que sustentaria a nova sociabilidade (pós-)moderna. Os contos *Uniões* são um documento dessa crise, embora a temática intimista pareça ter mais afinidades com as antigas formas simbolistas e decadentistas. Pois o sóbrio título *Uniões* (*Vereinigungen*) já aponta para o problema que o século XX teria de enfrentar: que forma daremos às paixões e pulsões outrora contidas pela religião e pelo imaginário hierárquico e como

54 Cf. também os episódios do emborcar em *O Melro*, baseados na experiência pessoal de escapar de uma flecha de aviador na Primeira Guerra Mundial e no encantamento com o canto de um pássaro.

criaremos elos e uniões viáveis entre os arcaicos sentimentos extáticos e as novas exigências racionais da sociedade de massas, cujas demandas de justiça e igualdade acirram a necessidade de cálculo e quantificação racionais? Por trás do aparente intimismo das histórias de Claudine e Verônica, desenha-se já o horizonte dos desafios estéticos e teóricos que o artista iria enfrentar nas décadas por vir.

Já nos anos que antecedem a Primeira Guerra Mundial, os artistas sentiram certo esgotamento e o descompasso das artes com os tempos modernos. A riqueza artística do realismo-naturalismo e do simbolismo estava em processo de hiper-refinamento, assumindo de um lado as formas do decadentismo e esteticismo hipersensível, de outro, procurando soluções expressionistas cada vez mais extremadas. É bem conhecida essa acirrada procura do novo que tenta refugiar-se na abstração das artes plásticas, explorando até os derradeiros limites as possibilidades do meio sensorial: nas artes plásticas assistimos aos manifestos e teorias (às vezes místicas) em prol da planaridade da pintura, tactilidade, espacialidade, eliminação do figurativo-narrativo, ênfase no gesto energético expressionista... O furor pelo novo afeta a literatura e a leva para um caminho paradoxal. Em vez de explorar o potencial racional da "arte de palavra", buscando novos meios de reconciliação do discursivo com o lado estético, sensorial e metafórico, as vanguardas se afastam da reflexão sobre o meio próprio (a literalidade e a discursividade) e buscam aproximações com os meios de outras artes (visual, sonora, coreográfica). Inúmeros escritores se obrigam a emular formas de expressão de outras artes, por exemplo, da fotografia e do cinema, e até das ciências: já mencionamos a rivalidade de muitos artistas com a psicologia científica e com as ciências exatas[55].

Musil observa essa busca com admirável perspicácia crítica, graças ao seu amplo conhecimento científico, matemático e epistemológico, que lhe permitem avaliar o impacto que a nova sensibilidade matemática terá sobre as artes e como as paixões científicas e tecnológicas poderiam afetar a sociabilidade e a sensibilidade coletivas. Não é a denegação, nem a resistência patológica, nem a censura conservadora que impedem Musil de concordar em tudo com Freud e com muitos dos movimentos e manifestos artísticos inovadores de seu tempo. É, antes, o polígono de forças do seu tempo que o leva a se instalar numa certa distância crítica da psicanálise e das ciências (da primeira tópica de Freud e do empiriocriticismo de Mach), dos cenáculos culturais e artísticos (em particular, das diferentes vertentes do neorromantismo e do neomisticismo, mas também das confusas associações dos primitivistas e expressionistas), das teorias culturais, históricas e jurídicas (Oswald Spengler, Walther Rathenau e Carl Schmidt).

Desde o primeiro romance e a tese defendida em 1907, *Beitrag zur Beurteilung der Lehren Ernst Machs* (Contribuição Para

55 Alfred Döblin, por exemplo, se lança na competição com a linguagem cinematográfica (direção que Musil critica, apesar de sua imensa admiração por Döblin; ver a resenha de Musil, "Abordagens Para uma Nova Estética" do livro *O Homem Visível*, do cineasta Béla Balázs, em *Kleine Prosa und Schriften*, p. 1137-1154). O pintor Kokoschka entra em concorrência com a física quântica de Max Planck e a psicanálise de Freud; os seguidores expressionistas de Arno Holz aventuram-se pela poesia e a música serial, regida por fórmulas matemáticas, entre inúmeros outros exemplos.

uma Avaliação das Doutrinas de Ernst Mach), sobre o filósofo da ciência e físico Ernst Mach (1838-1916), Musil procura o hipotético centro de equilíbrio dessas tendências contraditórias e centrífugas. É esse ponto de vista privilegiado que faz de *Uniões* uma encruzilhada na história da arte e permite esclarecer a visão crítica, o programa artístico e a epistemologia do autor – uma visão que iria tomar plena forma apenas nas décadas seguintes, com *O Homem Sem Qualidades*.

Embora limitado ao âmbito de dois personagens singulares, é notável nos contos a recusa dos modelos polarizantes que punham em campos contrários o feminino e o masculino, o irracional e o racional. Essa polarização é clara, por exemplo, no imenso investimento que o *fin-de-siècle* havia feito em personagens como Salomé, Herodíade e tantas outras, cujo fundo passional se tornava um lugar ignoto pronto para ser explorado pelo artista. Musil reluta em adotar a exagerada inflação de figuras simbólicas do feminino "fatal", oriental, libertino, imagens obviamente obcecadas com a "concupiscência", com o mistério não raro devastador que o eterno feminino assumia na pena de escritores contemporâneos, da qual a peça de Oscar Wilde é, ao mesmo tempo, a saturação e a ironia.

As Sutis Distinções Conceituais de Musil: Racioide *vs.* Não Racioide

Assim está no centro do pensamento de Musil, desde suas primeiras obras, um combate às atitudes rígidas, opondo o racional e o irracional, o apolíneo e o dionisíaco, ou o Eu e o inconsciente. Musil procura pensar como artista (em vez de imitar estereótipos psicológicos ou psicanalíticos). Assim, parte da experiência estética real que impõe a hipótese de dois mundos paralelos com os quais nossa vida se conecta através de duas disposições, ou estados de alma, incompatíveis: o mundo das realidades claras e distintas, calculáveis e comunicáveis (o racioide[56], isto é, o mundo que tem forma racional), e o outro mundo das realidades ambíguas e incertas, das experiências difusas, crepusculares e oníricas e das emoções e reflexões fluidas e difíceis de definir – porém, não impossíveis de captar na linguagem poética. Não se trata do inconsciente de Freud, nem daquilo que chamamos de "irracional", mas antes de uma dimensão na qual os fenômenos não se deixam delimitar por um conceito, mas antes exigem inúmeras aproximações com conceitos contraditórios. A complexidade incerta desse mundo não racioide exige um estado de alma específico para abrir-se à percepção e à "compreensão". Seu dinamismo tem certas afinidades com o "livre jogo da imaginação e do entendimento" do domínio estético na filosofia de Kant. Segundo este, as "ideias estéticas" têm uma lógica diferente da do entendimento racional, embora a imaginação

56 Por meio do neologismo composto pela palavra latina *ratio* (razão, cálculo preciso) + o sufixo grego *-oide* (o que tem a forma de), Musil procura distinguir entre as formas de expressão racionais ou convencionais (linguagem cotidiana, discursos científicos que viabilizam uma comunicação razoavelmente objetiva) e as formas de expressão poéticas, imaginativas e intuitivas, que trabalham com configurações complexas de imagens, palavras e associações e que não se deixam definir de modo rápido e preciso, consequentemente, não facilitando a comunicação e o entendimento objetivos.

fluida tangencie a todo o momento os conceitos, conectando assim as representações e os sentimentos fluidos com inúmeros possíveis sentidos racionais, com potencialidades conceituais múltiplas e, por isso, nebulosas[57].

São precisamente os elos soltos e livres entre a imaginação e o entendimento que estão no centro das primeiras obras de Musil. O desafio do artista moderno era, no seu entender, o de criar pontos de encontro entre a precisão do domínio racional (o "racioide") e o dinamismo em constante transformação do "não racioide". Literatura e arte, para Musil, deviam criar pontes imaginárias entre esses dois modos de ser, sentir e pensar. Os dois contos experimentam com modos de expressar as passagens possíveis entre eles. J.M. Coetzee percebeu bem o tênue vínculo que subsiste em Musil com as experiências neomísticas dos pensadores do século XX. No entanto, é igualmente válido o distanciamento musiliano dos sonhos nietzschianos com transes dionisíacos ou dos neomísticos recolhidos na redoma da contemplação. Na obra de Musil prevalecem as modulações vigorosamente laicas, sensuais e profanas, num constante esforço para evitar exageros. Não é possível falar de misticismo *stricto senso* em Musil, e isso é visível quando comparamos, por exemplo, sua obra com as *Ekstatischen Konfessionen* (Confissões Extáticas) de Martin Buber, com o *Vom kosmogonischen Eros* (Eros Cosmogônico) de Ludwig Klages ou com o *Le Trésor des humbles* (O Tesouro dos

57 I. Kant, *Crítica da Faculdade do Juízo*, p. 156-200. Mencionamos essa afinidade com Kant, porque Musil, no fim da vida, se culpava por não ter estudado Kant mais em detalhe.

Humildes) de Maeterlinck[58]. A sensibilidade ponderada de Musil mantém o equilíbrio entre o entusiasmo típico da época (calcado na inspiração mística) e o frio cálculo com equações matemáticas complexas de Einstein. Embora conheça bem o "sentimento oceânico" de Romain Roland, não perde de vista seu lugar – efêmero, epifânico – entre os cálculos materialistas da realidade contemporânea.

Comparado com os autores do misticismo e do messianismo modernos, Musil mantém uma atitude paradoxal notável. Elabora e descreve como ninguém as características do outro estado, mas ao mesmo tempo permanece cético, distanciado e avesso a excessos de entusiasmo sentimental, buscando modos de expressão despojados.

A contrariedade de Musil com as leituras psicológicas que a crítica fez de seu primeiro romance, *Törless*, revelam a consciência típica do alto modernismo que procura a autonomia da arte: novos caminhos estéticos, dando forma a fenômenos que nem a psicologia nem as ciências exatas ou humanas abrangem de modo suficiente. São dimensões da experiência, tonalidades e atmosferas fora do alcance dos discursos intelectuais que inquietam os personagens musilianos. Törless não é o típico adolescente do romance psicológico; o vetor de seu experimento não é a procura de soluções para inseguranças eróticas. Mais importante que a anamnese psicológica são

58 Cf. K. Corino, *Robert Musil: Eine Biographie*, p. 165, que menciona mais outros neomísticos, como Karl Girgensohn, cujas obras analisam a construção da experiência religiosa. Klages mantém, contra Freud, o amplo espectro de sentimentos e sensações do Eros antigo, que abrange os êxtases sexual e místico.

as ricas articulações dos sentimentos íntimos, das fantasias sexuais e das transgressões perversas. Todo esse imaginário abstrato das ruminações lógicas e matemáticas conecta-se com as fantasias sensórias, apontando, sempre de novo, para o inominável: experiências estranhas dos hiatos da vida, "buracos" da realidade, convites de se lançar para um outro mundo, para o desconhecido. Poesia e ficção têm, para Musil, uma única justificativa: a de tornar tangível o mundo das possibilidades senti-mentais. Ou seja, em vez de separar os sentimentos da razão e proteger as emoções do entendimento, os contos da primeira década já mostram o embrião do projeto posterior: a vontade e a capacidade de Musil de pôr ordem no caos emotivo e sentimental da grande crise que levaria à radical transformação do mundo. Na superfície, Törless, Claudine e Verônica são ainda personagens do velho mundo da *belle époque*. Mas os problemas que personagens e narradores se colocam já anunciam um olhar muito mais perspicaz, que procura despojar-se de sentimentalidades e hipocrisias, enfrentando as pulsões do corpo, os sentimentos e os raros elãs místicos com a serenidade e o rigor necessários para liberar as pontes entre os universos distintos, mas complementares, da razão e das emoções[59].

59 Em outras palavras, o difícil exercício que o autor se impõe ao ficcionalizar apenas a sucessão das emoções e associações, sem a interferência de conceitos e preconceitos prévios, visa mostrar que a fantasia, a imaginação, as associações filtradas continuamente pela nossa mente já têm uma ordem intrínseca. As emoções agem sobre a razão tanto quanto o intelecto dá forma aos sentimentos – razão pela qual Musil afirma que "não precisamos de mais sentimento, porém mais inteligência e precisão nos assuntos sentimentais." É nesse sentido que *Uniões*, apesar da diferença estilística, já anuncia o projeto

O novo estilo de *Uniões* é, em parte, influenciado pelo espírito da tese de doutorado em psicologia experimental que Musil terminava quando começou sua segunda obra. Ele aplica às análises dos sentimentos as mesmas técnicas de observação que desenvolveu para a sua crítica às teses do físico austríaco Mach. Musil evidenciava fenômenos qualitativos que dependem de configurações específicas e desaparecem com o reducionismo atomista de Mach[60].

No seu diário, encontram-se inúmeras anotações sobre as "representações não intencionais"[61] ou sobre o método deliberadamente "ralo" da psicologia experimental, que Musil aproxima do elogio nietzschiano da superficialidade dos gregos. Como poeta, ele sempre prefere a detalhada descrição da superfície de um fenômeno às especulações sobre suas causas profundas. Quem observa melhor, afirma o autor, capta o inédito e o surpreendente, aquele caso singular que tem valor artístico precisamente porque escapa das tipologias psicológicas e morais e, talvez, aponte para o futuro: para uma ética mais

de *O Homem Sem Qualidades*: a exigência de higiene sentimental mais liberal e mais precisa, que Ulrich capta na fórmula irônica do "Secretariado Terreno da Precisão e da Alma".

60 Musil argumentava que a marginalização dessas qualidades seria uma falácia epistemológica que consolida o materialismo empiriocriticista graças à ocultação das hipóteses idealistas que se impõem em certos casos (raros) das próprias teses de Mach. Os contos trazem as marcas dessas reflexões – muito mais influenciadas pelas ideias da teoria da Gestalt, então na sua primeira gestação, do que pela obra de Freud, que Musil começou a estudar após a publicação de *Törless* (1906).

61 O conceito de "representações não intencionais" foi cunhado por Stephan Witasek (1870-1915), representante da escola de psicologia experimental da Universidade de Graz, na Áustria. Seu trabalho foi impulsionado por Christian Ehrenfels (1859-1931), um dos criadores da psicologia da Gestalt.

adequada aos tempos modernos. É tarefa do artista descobrir os hiatos onde o indivíduo e a sociedade têm que ousar o salto do imaginário convencional e da moral envelhecida para uma nova estética e uma nova ética. Todo o imaginário dos jovens heróis da primeira obra – Törless, Claudine e Verônica – gira em torno das angústias provocadas por esses "buracos" da vida e da sociabilidade convencional: vazios que ameaçam dragar e engolir todos os valores, abismos que exigem saltos qualitativos para uma nova configuração. É a imaginação artística que fornece, no entender de Musil e de muitos outros artistas modernistas, as constelações peculiares de elementos representacionais que trazem o novo de certos fenômenos não causais: algo imponderável que resulta do imprevisto e não imaginado, produzindo efeitos incalculáveis, como a melodia que é diferente do simples acorde dos sons[62].

O Poeta Entre as Pulsões da Psicanálise e os Sentimentos Religiosos

Para Musil, a ficção tem a tarefa de dramatizar não o "caso" psicológico já registrado e explicado, mas o caso raro, a qualidade única e incomum de uma configuração singular. O que conta na arte é a surpreendente imprevisibilidade daquela configuração excepcional, que se distingue com seu halo singular de outras registradas como normais[63]. Não importa se

62 Cf. R. Musil, *Tagebücher I*, p. 131 s.
63 Cf. R. Musil, *Tagebücher I*, p. 230, sobre essas associações complexas que imbricam o racional e calculável com o emocional e incalculável. Cf. também S.

esse caso singular é patológico ou não: se ele alcançar valor estético, sua representação encerra também uma promessa ética futura. Essas explorações intimistas antecipam, a seu modo, certas formas artísticas que fizeram época bem mais tarde, por exemplo, os romances de Clarice Lispector. Musil procura trazer à tona os "outros encadeamentos" inabituais (*andere Verknüpfungen*), que evidenciam razões de ser – muitas vezes não causais – prevalecendo no âmbito dos sentimentos e das emoções. Como já assinalado, isso não significa uma entrega ao simples irracionalismo. Embora a outra esfera dos valores senti-mentais e poéticos se situe para além dos elementos materiais e dos encadeamentos mecânicos, ela não é, no entender de Musil, uma esfera irracional (por isso, usa o traço de união, salientando o componente mental dos sentimentos). Essas reflexões a respeito do domínio afetivo, estético e ético evidenciam, nos escritos de Musil, estreitas analogias com a dimensão transcendental das ciências exatas e da matemática. Essas analogias mais difíceis fazem parte da estratégia musiliana contra o sentimentalismo do seu tempo: os pendores de refugiar-se em reminiscências míticas e neomísticas destinadas a compensar a perda das antigas seguranças religiosas.

O desencantamento que acompanha a filosofia crítica de Kant e o movimento antimetafísico de Nietzsche continua alimentando os conflitos espirituais, sociais e políticos da primeira metade do século XX. Mas se a renúncia aos sentimentos

Bonacchi, *Die Gestalt der Dichtung: Der Einfluss der Gestalttheorie auf das Werk Robert Musils*, p. 102-110.

religiosos e místicos parece ser obrigação científica para muitos pensadores notáveis (pensemos apenas em Freud), há também cientistas e, sobretudo, matemáticos que reencontram os mistérios dos místicos nas próprias sutilezas das ciências exatas. Einstein, por exemplo, compartilha o "misticismo" esclarecido de Musil, defendendo seus sentimentos religiosos como uma necessidade imposta pela própria ciência, ou melhor, pelos limites que os cálculos mais refinados impõem ao entendimento. Isso fica claro na anedota transmitida por Harry Kessler sobre um encontro entre Einstein e o crítico literário ateu, Alfred Kerr:

> – O quê?! – exclamou Kerr – Não é possível. Voltando-se para ele de imediato. – Professor! Fiquei sabendo que você é profundamente religioso.
>
> Com calma e grande dignidade, Einstein respondeu:
>
> – Sim, creio que você possa dizer isso. Tente penetrar com nossos meios limitados nos segredos da natureza e você se dará conta que, por trás de todas as concatenações discerníveis, há algo sutil, intangível e inexplicável que permanece. A veneração por essa força além de tudo que compreendemos é minha religião.[64]

Citei esse episódio porque toca o cerne de um problema que hoje está dissolvido na indiferença e na dispersão do espírito laico: trata-se dos sentimentos religiosos e místicos inseparáveis das sutilezas estéticas e poéticas. Ao longo do século XX, a intensidade desse misticismo residual irá ficar cada vez mais tênue – embora retorne sempre de novo: aqui no Brasil basta lembrar, por exemplo, obras como *A Paixão*

64 H. Kessler, *Berlin in Lights: The Diaries of Count Harry Kessler 1918-1937*, p. 322.

Segundo G.H. de Clarice Lispector; na literatura mundial, os dois últimos romances de J.M. Coetzee, *The Childhood of Jesus* (A Infância de Jesus) e *The Schooldays of Jesus*. Nos tempos de Musil, a inquietação provocada por essa alteridade inominável ou epifânica era ainda intensa e produtiva entre artistas e intelectuais (de Rilke a Romain Roland, passando por Virginia Woolf e muitos outros), entre cientistas (como Einstein), e em geral entre pensadores e políticos – Martin Buber e John Maynard Keynes, Walter Benjamin e Ludwig Wittgenstein, Theodor Herzl, Lênin ou Rosa Luxemburgo. O início do século XX não foi apenas o momento em que o gênio científico escapara da garrafa dos cientistas, porém a própria euforia do espírito matemático e científico positivista suscitou uma contracorrente neomística que procurava responder aos abalos e temores que o "desencantamento do mundo" infligiu às formas de vida existentes: às ideias, aos ideais e às crenças.

Podemos aqui apenas frisar a questão das afinidades do "misticismo" musiliano com os problemas da matemática. Na obra de Musil, encontramos repetidas vezes a analogia que vincula certos sentimentos raros ou únicos (amor, revelação, inspiração) com os fenômenos-limite da matemática. Esses estados de alma peculiares não pertencem ao que costumamos chamar de "irracional", mas antes ao domínio hiper-racional das fronteiras da matemática: aos "buracos [*Nullstellen*] no infinito que arruínam o princípio da causalidade"[65]. No âmbito desta outra realidade ocorre, segundo Musil, um salto que rompe o contínuo de passos racionais sucessivos. Da mesma

65 R. Musil, *Tagebücher II*, p. 927.

forma, a estética e a ética dependem sempre de novo de saltos senti-mentais, isto é, de ousadias inéditas viabilizando incomuns associações do pensamento emocional com o racional. Essa transgressão do normal não se encaixa nas sequências causais típicas e dá acesso a um "segundo Eu", mediando a integração do irracional na vida psíquica e cognitiva[66].

Não é por acaso que Musil sempre se refere (embora de modo crítico) aos pré-românticos: Schlegel, Hölderlin e Novalis, Schiller, Goethe e Kleist, autores que já concebiam a literatura como educação sentimental no sentido mais amplo do termo. Ainda no final da vida, o autor lamenta de ter negligenciado o estudo mais sério da *Estética* de Kant. É a seriedade e a compenetração dessa tradição que distanciam Musil das tendências satíricas, experimentais e vanguardistas de sua época, acenando com uma nova forma de ficção a promover uma conciliação dos sentimentos e do intelecto. Em um dos seus numerosos esboços para o prefácio das *Uniões*[67], Musil revela detalhes da gênese dos contos, em particular, a reviravolta na sua intenção de escrever rápidos esboços satíricos: "Há um feixe de exigências no qual estava amarrado o conceito de conto. Havia um momento em que estes dois trabalhos queriam tornar-se esboços à la Maupassant e, depois, havia uma impossibilidade interna. Se dela sobrou algo, isto é muito bom."[68]

66 Cf. os fragmentos sobre o *Apperceptor* (uma região cerebral segundo Wundt e Stumpff,) em R. Musil, *Tagebücher II*, p. 927s. Para uma discussão detalhada das contribuições da psicologia da Gestalt e do *Apperceptor* para os contos de Musil, cf. S. Bonacchi, *Die Gestalt der Dichtung: Der Einfluss der Gestalttheorie auf das Werk Robert Musils*, p. 116-125.

67 R. Musil, *Kleine Prosa und Schriften*, p. 1313.

68 Ibidem, p. 1312.

Um Credo Vanguardista do Amor

Na Viena da virada do século XIX, como em outras metrópoles europeias, a física, a biologia e a matemática modernas preparam o salto para a Segunda Revolução Industrial; a sociologia e a psicanálise se aliam com os movimentos progressistas mais radicais; as vanguardas modernistas procuram realizar seus programas utópicos em alianças com forças políticas (que se revelariam, em pouco tempo, nada vanguardistas). Todos conhecemos (e compartilhamos) as lamentações sobre a fragmentação do mundo moderno e, em particular, a separação quase insuperável da sensibilidade artística, contemplativa e íntima do pensamento racional, matemático e lógico que começou a predominar em todas as áreas: não só nas ciências e no desenvolvimento tecnológico, na economia e na política, mas também nos âmbitos derivados da psicologia e do direito. Pois as nossas causas mais preciosas, como a emancipação das mulheres, das etnias e dos múltiplos desfavorecidos, assumiram a forma de lutas organizadas de modo estritamente racional, com estratégias, argumentos e modos de ação que hoje forjam nossos sentimentos.

É essa inversão que subordina o domínio dos sentimentos e das experiências fluidas da alma íntima (o não racioide) à lógica utilitária dos argumentos racionais que nos torna cegos ao potencial revolucionário da proposta musiliana.

O panorama bem conhecido das primeiras décadas do século passado é ainda o nosso. Nesse horizonte do passado e do futuro desenha-se o empate da lógica racional e daquela alteridade não racional que é tão difícil de definir e expressar.

E nesse palco Musil se destaca como um vulto eminente e solitário. Embora tenha a verve sarcástica dos modernistas mais mordazes, ele não compartilha com muitos deles a revolta reativa contra o pensamento racional; e mesmo que participe do repúdio das normas antiquadas e das práticas repressivas da razão patriarcal, sua ironia nunca assume o deboche nivelador e inconsequente da boemia artística. Do mesmo modo, são circunspectas e criteriosas também suas experimentações com as novas técnicas literárias (e mais tarde, nos anos de 1920, com empréstimos e inspirações das tecnologias cinematográficas). Diz Musil numa entrevista:

> Para mim, ironia não é deboche condescendente, mas uma forma de luta: uma luta contra a limitação da sensibilidade quando esta recusa as limitações do conceito; e luta contra o culto da imaginação mecânica e redundante dos que acreditam na espontaneidade dos sentimentos sem suspeitar o quanto as emoções profundas devem ao entendimento e à razão.[69]

No entender de Musil, o escritor importante tem que lutar com as duas armas: de um lado, com o entendimento e o cálculo racional que exigem a experiência no mundo real; de outro, com o faro de uma disposição alheia à normalidade cotidiana e a clareza da lógica positiva. Da primeira à última obra, ele persegue essa vocação de abrir espaço para esse "outro estado", não num além fantasioso e utópico, mas nas malhas da própria racionalidade: na aura que paira ao redor da densa trama dos jogos de linguagem formando o lastro do mundo "real".

69 Ibidem, p. 941.

Por "viver como se fosse num livro", Musil entende: mobilizar energias intelectuais e coragem emocional que se aproximam, na vida vivida, da densidade da ficção (*Dichtung*, poesia). Em vez de viver mecanicamente, segundo convenções, ele procura carregar a experiência real com intensidade senti-mental – com emoções e reflexões que tendemos a evitar na vida cotidiana e nas trocas culturais habituais. Elaborar os contos, cujos primeiros esboços são do final de 1906, foi um processo mais difícil do que esperado; surgiu posteriormente esboços de novos princípios ficcionais que, pouco a pouco, se consolidariam como o "programa" pulsando no fundo do romance *O Homem Sem Qualidades*. Uma série desses esboços emerge entre 1910 e 1911, em reflexões que procuram situar a estranha forma das *Uniões* como um possível avatar da tipologia das formas narrativas herdadas do século XIX[70].

A sinuosidade quase irritante da sintaxe obriga a parar e prestar atenção à complexidade de processos sensoriais que costumamos negligenciar. A riqueza das metáforas surpreendentes e a pertinência (ora científica ou matemática, ora emocional e moral) das imagens muitas vezes estranhíssimas obrigaria o leitor a uma absorção lenta, contemplativa: o processo da tradução talvez seja a velocidade ideal para uma "leitura" adequada dessas narrativas incomuns. Elas requerem uma técnica peculiar de decodificação, como a beleza de certos movimentos que aparecem somente em câmera lenta. A dificuldade, sem dúvida, é em parte uma consequência das

70 Publicaremos em breve esses esboços em torno da nova tipologia narrativa num volume de ensaios de Musil.

reflexões do autor sobre o sucesso fácil e imediato da primeira obra *O Jovem Törless*.

Terminado o *Törless*, em 1906, Musil reage à recepção que enfatiza a experiência psicológica e o suposto valor educativo desse romance. Acentua o rendilhado de sensações e sentimentos cujas complicadas relações instáveis e reversíveis tornam inoperantes os esquemas psicológicos correntes, dissolvendo a explicação causal da narrativa psicológica em voga no início do século XX. Na sua tipologia das formas narrativas de 1911, ele passa em revista os três tipos narrativos que lhe parecem artisticamente ultrapassados[71] e debruça-se sobre um quarto tipo "ainda vago", cujas exigências ele especifica da seguinte maneira: "Procurar a expressão para coisas internas, íntimas, porém ao renunciar totalmente a uma inserção destas coisas numa conexão causal. Descrever uma cadeia de tonalidades, climas, atmosferas que formam um contínuo e, através disto, uma parte apenas da conexão causal."[72]

Esse programa terminou se impondo ao autor contra a sua vontade, contrariando a intenção inicial de escrever rapidamente dois contos "leves", um mero "exercício de estilo":

Estava ocupado com ideias que já pertenciam ao âmbito dos *Entusiastas* [a peça *Die Schwärmer*] e do *Homem Sem Qualidades*, quando recebi um

71 O "primeiro tipo" é a narrativa psicológica ou psicanalítica que descreve, numa sequência causal, os sintomas ou as sequelas causadas por um trauma (infantil). O segundo tipo descreve um caso particular no qual as consequências contradizem a regularidade das leis ou teorias. O terceiro tipo coloca-se a tarefa de descrever novos sentimentos. Cf. R. Musil, *Kleine Prosa und Schriften*, p. 1311.

72 Ibidem.

convite de escrever uma narrativa curta para uma revista literária [no final de 1906]. Atendi rapidamente, e isto resultou na história "A Casa Encantada", que apareceu no *Hyperion* [1908].

Mas essa lépida presteza muda quando por diversas razões queria [ainda] escrever algo mais, uma história que pertence à temática do ciúme (e na qual o ciúme sexual era apenas o ponto de partida; o que me preocupava mesmo era a insegurança do homem com relação ao seu valor ou talvez com relação à verdadeira natureza de si mesmo e da pessoa mais próxima) [...].[73]

O depoimento posterior reduz ao máximo o drama pessoal que obrigou o artista a lutar contra seus sentimentos convencionais, levando-o a um imenso esforço de desvencilhar-se dos reflexos condicionados da consciência masculina tradicional. Em vez de buscar a *talking-cure* de um psicanalista, ele se joga na escritura. O prazo de quinze dias inicialmente agendado para a tarefa se estende e, aos poucos, ele se encontra enredado em um *writing-cure* de dois anos, que quase arruína sua saúde física e mental. O que o conto da paradoxal infidelidade de Claudine deve fazer para ele é um processo muitíssimo complexo: a lógica do conto obriga o autor e seu narrador a não se derramarem em queixas, vinganças e sarcasmos. À procura de uma forma moderna e válida tanto na dimensão estética como na ética, Musil vai além da simples modulação do imaginário preexistente e das figuras tradicionais da literatura sobre infidelidade e ciúme: de Choderlot de Laclos a Dostoiévski e Machado de Assis, e do início do século xx até hoje a ideia do triângulo amoroso foi sempre tratado com o olhar do jurista e do psicólogo, que

73 Ibidem, p. 957.

partem do pressuposto jurídico do amor exclusivo, mirando a infidelidade como a ruptura de um contrato implícito que transforma o traído em vítima e o traidor em malfeitor. O que Musil conseguiu fazer na história de Claudine não é pouca coisa: ele abre a quem quiser ver uma nova perspectiva sobre as milenares relações de dominação e tirania "amorosas". Evidencia o que há de errado no olhar imperioso e tirano do jurista que se arroga não só a julgar os atos, mas deduzir dos atos também as razões e os sentimentos íntimos da pessoa infiel. Para superar o trauma do homem traído e os maus hábitos possessivos forjados pela tradição milenar, Musil renuncia ao seu próprio olhar e imagina o que poderia ser um ponto de vista completamente alheio ao seu próprio. Assim, ele chega a criar uma outra lógica – uma lógica feminina, flexível e inteligente, vivaz e ágil, sensual-e-mental. Durante dois anos, usa os elementos fragmentares fornecidos pelos relatos e reminiscências de Martha para imaginar como um ser outro – Claudine – poderia pensar e sentir. E, no final desse percurso, descobre que essa forma de sentir não é exclusivamente feminina: ela é, na verdade, também a sua própria. Em matéria de amor, inconstância, traição e ciúme, vale para a mulher exatamente o mesmo que vale também para o homem: traímos menos porque há um terceiro que seria mais desejável e mais porque é tão difícil sustentar o estado de amor. É a fragilidade daquele cristal precioso, translúcido e efêmero do sentimento amoroso que nos lança de volta à obsessiva busca para reaver o que não pode ser possuído, o que não tem extensão e estabilidade no tempo e no espaço.

O que a história mostra é que a traição é sempre também uma autotraição, uma irrupção da dolorosa dúvida a respeito do valor da vida, da vida própria e da do outro amado. A grande admiração pela sensualidade e a inteligência de Martha permite a Musil articular uma mudança muito significativa da consciência masculina. Ele se deu o trabalho de vasculhar com os olhos ficcionais da mulher a complicação dos sentimentos da amada, conjecturando hipotéticas configurações emocionais e pensamentos que poderiam dar razão à afirmação paradoxal de Martha sobre seu amor único. É esse tornar-se outro – ou melhor, outra – que absorve tempo e energia desproporcionais. A alienação na realidade do outro gênero levaria o autor muito além do projeto satírico – para a "Perfeição" estética e o aperfeiçoamento ético da atitude masculina ressentida que queria se dar ares de distanciamento "leve" e "cínico":

> Quem leu a "A Perfeição do Amor" sabe que não há contraste mais incompreensível entre essa intenção e sua execução [...]: trabalhei nos dois contos durante dois anos e meio e, pode-se dizer, quase dia e noite. Por eles quase arruinei a saúde da minha alma. [...] O episódio revela, portanto... que fui acometido de um tique maníaco, que vivi uma experiência de importância mais que pessoal.[74]

Musil fala sério quando diz: "Martha é algo que eu me tornei."[75] E mantém essa solidariedade durante um longo casamento de quase quatro décadas, até sua morte precoce

74 R. Musil, *Kleine Prosa und Schriften*, p. 957.
75 Idem, *Tagebücher I*, p. 226.

em 1942. Pouco antes de morrer, ele ainda pensa sua própria biografia como contida na de Martha:

> O percurso ético [de Martha] também é digno de nota [...]. A grande bondade, a grande companheira, como ela surge de modo natural de disposições que parecem contradizer à moral.
>
> Depois me lembrei ainda que isso poderia ser um modo para contar minha própria biografia e para falar de minhas qualidades e fraquezas.[76]

No último ano de sua vida, Musil retorna aos contos de Claudine e Verônica para refletir sobre os *alter egos* de sua mulher Martha e para encontrar, na misteriosa troca de identidades que acontece nas relações importantes e no amor sincero, as chaves de sua própria identidade e biografia.

76 Ibidem, p. 1011.

Bibliografia

ASSOUN, Paul Laurent (ed.). *Robert Musil, pour une évaluation des doctrines de Mach*. Paris: PUF, 1980.

BALÁZS, Béla. *Early Film Theory: Visible Man and The Spirit of Film*. New York: Berghahn/Oxford, 2010.

BENJAMIN, Walter. *Briefe*. Gershom Scholem e Theodor W. Adorno (Hrsg.). Frankfurt: S. Fischer, 1966. 2 v.

____. *Gesammelte Schriften*. Frankfurt: Suhrkamp, 1980. 12 v.

BONACCHI, Silvia. *Die Gestalt der Dichtung: Der Einfluss der Gestalttheorie auf das Werk Robert Musils*. Bern: Peter Lang, 1998.

BROCH, Hermann. *Gesammelte Werke*. Zurich: Rhein, 1953-1961. 10 v.

CANETTI, Elias. *O Jogo dos Olhos*. Trad. Sergi Tellaroli. São Paulo: Companhia das Letras, 1990.

COETZEE, J.M. *Inner Workings: Literary Essays 200-2005*. London: Penguin, 2007.

____. On the Edge of Revelation, *New York Review of Books*, 18 dec. 1986. Disponível em: <www.nybooks.com>. Acesso em: 1 nov. 2017.

CORINO, Karl. *Robert Musils "Vereinigungen": Studien zu einer historisch-kritischen Ausgabe*. München: Fink, 1974.

____. *Robert Musil: Eine Biographie*. Reinbek: Rowohlt, 2003.

D'AUREVILLY, Jules Barbey. *Les Diaboliques*. Paris: Gallimard, 2003.

FREUD, Sigmund. *Gesammelte Werke: Chronologisch Geordnet*. Frankfurt: Fischer, 1999.

____. *Studienausgabe*. Frankfurt: Fischer, 1969-1975. 10 v.

FREUD, Sigmund; BREUER, Joseph. *Studien über Hysterie*. Leipzig/Wien: Franz Deuticke, 1895.

KANT, Immanuel. *Crítica da Faculdade do Juízo*. Trad. Valério Rohden. Rio de Janeiro: Forense Universitária, 1993.

KESSLER, Harry. *Berlin in Lights: The Diaries of Count Harry Kesler 1918-1937*. New York: Grove Press, 1999.

LE RIDER, Jacques. *A Modernidade Vienense e as Crises de Identidade*. Trad. Elena Gaidano. Rio de Janeiro: Civilização Brasileira, 1992.

LISPECTOR, Clarice. *A Cidade Sitiada*. Rio de Janeiro: Rocco, 1998.
____. *Perto do Coração Selvagem*. 2. ed. Rio de Janeiro: Nova Fronteira, 1980.
MANN, Thomas. *Gesammelte Werke*. Berlin: S. Fischer, 1928. 2 v.
MUSIL, Robert. *O Homem Sem Qualidades*. Trad. Lya Luft e Carlos Abbenseth. Rio de Janeiro: Nova Fronteira, 1989.
____. *O Jovem Törless*. Trad. Lya Luft. Rio de Janeiro: Rio Gráfica, 1986.
____. *Kleine Prosa und Schriften*. Reinbek: Rowohlt, 1978.
____. *Tagebücher*. Adolf Frisé (Hrsg.). Reinbek: Rowohlt, 1976. 2 v.
____. *Der Mann ohne Eigenschaften*. Reinbek: Rowohlt, 1976.
PROUST, Marcel. *À la recherche du temps perdu*. Paris: Gallimard, 1979.
ROSENFIELD, Kathrin H. Musil's Idea of Poetic Mastership and Responsibility or: Törless as His First Attempt to Become a Serious Writer. *Pandaemonium Germanicum*. São Paulo, v. 15, n. 19, 2012.
SCHRÖDER-WERLE, Renate. *Erläuterungen und Dokumente zu Robert Musil: Die Verwirrungen des Zöglings Törless*. Ditzingen: Reclam, 2001.
SOUZA, Carlos Mendes de. *Clarice Lispector: Figuras da Escrita*. Braga: Universidade do Minho, 2000.
ROTH, M.L.; BÉHAR, P. (Hrsg.). *Literatur im Kontext: Robert Musil*. Bern: Peter Lang, 1999. (Musiliana 6)
WILKINS, Eithne. Musil's "Affair of the Major's Wife" with an Unpublished Text. *The Modern Language Review*, v. 63, n. 1, January 1968.
WITTGENSTEIN, Ludwig. *Tractatus logico-philosophicus*. Frankfurt: Suhrkamp, 1960.

COLEÇÃO PARALELOS

1. *Rei de Carne e Osso,* Mosché Schamir
2. *A Baleia Mareada,* Ephraim Kishon
3. *Salvação,* Scholem Asch
4. *Adaptação do Funcionário Ruam,* Mauro Chaves
5. *Golias Injustiçado,* Ephraim Kishon
6. *Equus,* Peter Shaffer
7. *As Lendas do Povo Judeu,* Bin Gorion
8. *A Fonte de Judá,* Bin Gorion
9. *Deformação,* Vera Albers
10. *Os Dias do Herói de Seu Rei,* Mosché Schamir
11. *A Última Rebelião,* I. Opatoschu
12. *Os Irmãos Aschkenazi,* Israel Joseph Singer
13. *Almas em Fogo,* Elie Wiesel
14. *Morangos Com Chantilly,* Amália Zeitel
15. *Satã em Gorai,* Isaac Bashevis Singer
16. *O Golem,* Isaac Bashevis Singer
17. *Contos de Amor,* Sch. I. Agnon
18. *As Histórias do Rabi Nakhma,* Martin Buber

19. *Trilogia das Buscas,* Carlos Frydman

20. *Uma História Simples,* Sch. I. Agnon

21. *A Lenda do Baal Schem,* Martin Buber

22. *Anatol "On the Road",* Nanci Fernandes e J. Guinsburg (org.)

23. *O Legado de Renata,* Gabriel Bolaffi

24. *Odete Inventa o Mar,* Sônia Machado de Azevedo

25. *O Nono Mês,* Giselda Leirner

26. *Tehiru,* Ili Gorlizki

27. *Alteridade, Memória e Narrativa,* Antonio Pereira de Bezerra

28. *Expedição ao Inverno,* Aaron Appelfeld

29. *Caderno Italiano,* Boris Schnaiderman

30. *Lugares da Memória – Memoir,* Joseph Rykwert

31. *Céu Subterrâneo,* Paulo Rosenbaum

32. *Com Tinta Vermelha,* Mireille Abramovici

33. *O Itinerário de Benjamin de Tudela,* J. Guinsburg (org.)

34. *Direi Tudo e um Pouco Mais,* Sheila Leirner

35. *Uniões,* Robert Musil

Este livro foi impresso na cidade de São Bernardo do Campo,
nas oficinas da Paym Gráfica e Editora, em abril de 2018,
para a Editora Perspectiva.